31 Ş

NICK HORNBY, 1957 yılın
Forster ödülünü aldı. Lon
birçok dile çevrilen yazarın
kında, İyi de Nasıl?, Düşerke
Okuduğu kitaplarla ilgili yazılarını *Hece Cümbüşü*'nde, futbol ile ilgililerini *Futbol Ateşi*'nde topladı. *Melekle Sohbet* isimli öykü seçkisinin editörlüğünü yaptı.

Yazarın tüm kitapları Türkçe'de yayınevimizce yayımlanmaktadır.

* SEL YAYINCILIK

***SEL** YAYINCILIK
Piyerloti Cad. 11 / 3 Çemberlitaş - İstanbul
Tel. (0212) 516 96 85 Faks: (0212) 516 97 26

http://www.selyayincilik.com
E-mail: halklailiskiler@selyayincilik.com

ISBN 978-975-570-470-8

***SEL** YAYINCILIK: 454

31 ŞARKI
Nick Hornby

Türkçesi: Betül Kadıoğlu

Kitabın Özgün Adı:
31 Songs

Birinci Baskı: Ağustos 2010

Kapak: Sermin Alipaşa

Baskı ve Cilt: Yaylacık Matbaası
Fatih Sanayi Sitesi, 12/197-203
Topkapı-İstanbul, 567 80 03

Nick Hornby

31 Şarkı

Türkçesi: Betül Kadıoğlu

Lee ve beni yeni şarkılarla
tanıştırmış herkes için

Teşekkürler:
Amanda Posey, Dave Eggers, Tony Lacey,
Kle, Eli Horowitz ve David Remnick.

Bu kitaptaki yazıların üçü daha önce farklı
biçimlerde, farklı yerlerde yayınlandı:
Granta ("I'm Like a Bird");
Architectural Digest ("First I Look At The Purse");
Idol Worship ("Mama You Been On My Mind").

İçindekiler

1

Giriş: "Your Love Is The Place Where I Come From" - Teenage Fanclub

Oğlumun okuluna para toplamak için hazırladığım kısa hikâyeler derlemesi, *Speaking with the Angel* [*Melekle Sohbet*] kitabının tanıtım partisini yapıyorduk. Hepimiz; okuldakiler, yayıncım, ben, sevgilim... o kadar heyecanlıydık ki. İnsanların gelip gelmeyeceklerini bilmiyorduk, okumaların ve canlı müziğin birlikte nasıl olacağını bilmiyorduk, gelenlerin eğlenip eğlenemeyeceklerini hiç bilmiyorduk. Hammersmith Palais'ye erkenden gittim; içeri girdiğimde iki şeyi fark ettim. Birincisi, salon harika görünüyordu: önceki akşam bir işyerinin büyük bir kutlaması varmış, her tarafta parıltılı süsler vardı; o sırada bana sihir için çok uyduruk, ama aynı zamanda başarılı bir simgeymiş gibi göründü bu süsler. Diğeri de, akustik bir set çalmayı kabul eden (ve bunun için Avrupa'daki bir konserlerini erteleyen) Teenage Fanclub'un soundcheck yaptığıydı. Benim en sevdiğim albümlerden biri olan *Songs From Northern Britain*'daki en güzel şarkılardan birini, "Your Love Is The Place Where I Come From"u çalıyorlardı. Şarkı harikaydı, parıltılı süslerin müziğe yansıması gibiydi; duyduğum anda bu akşamın bir fiyasko falan olmayacağını, çok özel geçeceğini biliyordum. Öyle de oldu – mesleki olarak herhangi bir ilgim olan en unutulmaz olaylardan biriydi.

Şimdi ne zaman "Your Love Is The Place Where I Come From"u duysam aklıma o akşam geliyor tabii ki – nasıl başka türlü olabilir ki? Sevdiğim şarkılar (ki bu da kendi içinde zor bir konu, insan mükemmel olandan çok yolunda gitmeyenler hakkında fikir sahibi olmaya daha yatkın) üzerine bir kitap yazmaya karar verdiğimde, yazıların bunun gibi doğrudan zaman-mekan bağlantıları içereceğini düşünmüştüm, ama öyle olmadı. Hatta, "Your Love Is The Place Where I Come From" neredeyse tektir diyebilirim. Benim için önemli olan şarkıların neden pek azını ilişkili duygular ve hislerle birlikte hatırladığımı düşündüğümde cevabın çok açık olduğunu gördüm: eğer bir şarkıyı çok severseniz, hayatınızın farklı aşamalarında size eşlik etmesini isteyecek kadar çok yani, o zaman belirli anılar zamanla silinip gidiyor. Eğer "Thunder Road"u 1975 yılında bir kızın yatak odasında duyup fena bir şarkı olmadığına karar verseydim, sonra da kızı hiç görmeseydim, şarkıyı çok fazla dinlemeseydim, şimdi o şarkıyı duymak muhtemelen hemen kızın deodorantının kokusunu hatırlatırdı bana. Ama böyle olmadı; "Thunder Road"u duydum, çok sevdim, o zamandan beri de (korkutucu bir) sıklıkla dinledim. "Thunder Road" şimdi bana sadece kendisini ve galiba bir de benim 18 yaşından bugüne geçen hayatımı (yani çok az şeyi ve çok şeyi) hatırlatıyor.

Cumartesi sabahları BBC'nin çocuk programında çaldıkları korkunç bir şarkı vardı: "Mummy I Want A Drink Of Water"dı sanırım adı. Bu şarkıyı o zamandan beri duymadım; ama duyarsam bana feci derecede, çocuk olmayı ve cumartesi sabahları çocuklar için yayınlanan radyo programlarını hatırlatacaktır. Lizbon'da bir futbol maçında kafamıza yediğimiz plastik bira şişelerini hatırlatan bir Gypsy Kings şarkısı, üniversiteyi, eski kız arkadaşlarımı ya da bir yaz çalıştığım işi hatırlatan şarkılar var, ama hiçbiri bana ait değil – hiçbiri bana müzik adına bir şey ifade etmiyor, sadece anılar... ve ben anılarımı yazmak istemedim. Niyetim o değildi. En sevdikleri albümün onlara Korsika'daki balaylarını ya da ailelerinin sahip olduğu finoyu hatırlattığını söyleyenler müziği pek de sevmiyordur. Ben daha çok bu şarkılarda benim onları sevmeme neden olan şeyleri yazmak istedim, benim bu şarkılara ne kattığımı değil.

Ben neredeyse başka bir şey dinlememecesine, şarkı dinlerim. Çok sık klasik müzik ya da caz dinlemem; insanlar bana ne tür müzikten hoşlandığımı sorduklarında da cevap vermekte zorlanırım çünkü onlar insanların, grupların adını söylememi isterler ama ben sadece şarkıları sıralayabilirim. Genel olarak, bu şarkılar hakkında tek söyleyebileceğim çok sevdiğim, bende onlara eşlik etme isteği uyandırdıkları, insanları bu şarkıları dinlemeye zorladığım, benim kadar sevmezlerse onlara kızdığım olur. Joe Henry'nin "Trampoline"i, Maurice Williams & The Zodiacs'ın "Stay"i, Sonny Boy Williamson'ın "Help Me"si, Outkast'ın "Ms. Jackson"ı ya da Lucinda Williams, Marah, Smokey Robinson, Olu Dara, Pernice Brothers, Ron Sexsmith ya da Tanrı aşkına, Marvin Gaye'in de aralarında olduğu binlerce insan hakkında harika oldukları, daha hâlâ duymadıysanız duymanız gerektiği dışında söyleyebileceğim bir şey olmadığı için üzgünüm... Yani, eminim zorlasam bir şeyler çıkarıp bu kitabı nizami bir uzunluğa getirebilirim, ama niyetim bu da değildi. Kitaplar ve makaleler belirli bir kelime sayısına sahip olmak zorunda olduğu için yazarlar hep zorlayıp bir şeyler çıkarır, bu yüzden şu anda elinizde tuttuğunuz bu kitabın gerçek (doğal, zorlanmamış, şişirilmemiş) hacmidir; isterseniz bunu gübresiz, steroidsiz yetiştirilmiş organik bir kitap olarak düşünebilirsiniz. Her zaman organik şeylerin daha azı için daha fazla para vermeniz gerekir. Her neyse...

2 "Thunder Road" - Bruce Springsteen

1975 yılında bu şarkıyı dinleyip çok sevdiğimi hatırlıyorum; yakınlarda, birkaç ay önce bu şarkıyı dinleyip neredeyse o zamanki kadar çok sevdiğimi hatırlıyorum. (Evet, bir arabadaydım ama sanırım ben kullanmıyordum, bir paralı yoldan, otobandan ya da otoyoldan geçmiyorduk ve rüzgar saçlarımı havalandırmıyordu çünkü ne üstü açık bir arabam var ne de saçım. Bahsettiğim Springsteen'in o versiyonu değil.) Yani bu şarkıyı çeyrek yüzyıldır seviyorum ve her şeyden çok duymuşumdur; belki şeyin haricinde... Kimi kandırıyorum ki? Hiç rakibi yok. İşte şimdi burada siyah ve/veya cool bir şarkı (muhtemelen "Let's Get It On" gibi: bunun yapılmış en iyi pop şarkısı olduğunu düşünüyorum. Benim en çok çaldığım 20 şarkı listesine kesinlikle girer, ama 2 numaradan değil.) adı verip darbeyi yumuşatacaktım. 2 numara –dürüst olmaya çalışıyorum– herhalde The Clash'ten "(White Man) In Hammersmith Palais" gibi bir şarkı olurdu, ama o da epeyce geriden takip ederdi. "Thunder Road"u 1.500 kere çaldıysam (ilk yıllardaki peşpeşe çalmaları da dikkate alarak, 25 yıl boyunca haftada birden biraz fazla), "(White Man)..." herhalde 500'de falan kalırdı. Diğer bir deyişle, gerçek anlamda bir rekabet sözkonusu değil.

Ben yaşlandıkça "Thunder Road"dan daha iyi olduğu iddia edilebilecek pek çok şarkı –"Maggie May", "Hey Jude", "God Save The Queen", "Stir It Up", "So Tired of Being Alone", "You're A Big Girl Now"– çekiciliklerini kaybederken onun ayakta kalması bana tuhaf geliyor. Kusurlarını görmüyor değilim: "Thunder Road"un hem sözleri (Prefab Sprout'un belirttiği gibi, hayatta arabalardan ve kızlardan daha önemli şeyler vardır ve kefaret hakkında şarkılar yazarken "kefaret" sözcüğünden vebadan kaçar gibi kaçmak gerekir) hem de bestesi fazla süslüdür – sonuçta bu dört dakika kırk beş saniye Jim Steinman ve Meatloaf'a koca bir kariyer sundu. Ayrıca, Springsteen'in tersine, çatık kaşlı, suratsız bir şarkıdır; ağır romantizmi 1975'te kulağa bayat gelmiyorduysa da, şimdi kesinlikle öyle.

Ama bazen, ender olarak, şarkılar, kitaplar, filmler, resimler kim olduğunuzu mükemmel bir biçimde ifade eder. Bunu ille de sözlerle ya da görüntülerle yapmazlar; aradaki bağlantı çok daha dolaylı ve karmaşıktır. Ciddi olarak yazmaya başladığım sıralarda Anne Tyler'ın *Dinner at the Homesick Restaurant* kitabını okumuştum ve bir anda, iyi ya da kötü, ne olduğumu, ne olmak istediğimi anlamıştım. Bu aşık olmak gibi bir süreç. Her zaman en iyi, en akıllı ya da en güzel insanı seçmezsiniz; daha başka şeyler vardır. Bir yanım Updike, Kerouac ya da DeLillo'ya –en azından daha erkeksi, ya da daha zor anlaşılan ve kesinlikle daha çok küfreden birine– vurulmuş olmayı tercih ediyordu; her ne kadar hayatımın farklı dönemlerinde bu yazarlara hayranlık beslemiş olsam da hayranlık benim bahsettiğim ilişkiden çok farklı bir şey. Ben her bir sanatsal tercihi, her dürtüyü, eserin ve yaratıcısının ruhlarını anlamaktan –en azından anladığımı sanmaktan– bahsediyorum. Tyler'ın yoğun, hüzünlü, tatlı romanını okuduğumda "Bu benim," demek istedim. "Karakterlerden biri değilim, yazara hiç benzemiyorum, yazdıklarını yaşamadım. Ama yine de, içten içe ben de böyle hissediyorum. Eğer sesimi bulabilseydim, böyle çıkardı." Sonunda kendi sesimi buldum, bana aitti, ona değil; ama özdeşleşme süreci o kadar yoğundu ki, hâlâ kendimi o zaman Tyler'ın benim yerime yaptığı kadar iyi, o kadar bütünlüklü olarak ifade edebildiğimi düşünmüyorum.

Yani, Amerikalı olmamama, artık genç olmamama, arabalardan nefret etmeme ve neden o kadar çok insanın Springsteen'i fiyakalı ve aşırı gösterişli bulduğunu anlamama rağmen (ama neden onu maço, şovenist ya da boş kafalı bulduklarını anlamıyorum – gerçekte onun en boş kafalı halinden bile daha boş kafalı olan akıllı insanların böyle cahilce yargıları kariyerinin büyük bir kısmında Springsteen'in peşini bırakmadı), "Thunder Road" bir şekilde bana hitap etmeyi başarıyor. Bu biraz da, belki utanç verici bir biçimde, Springsteen'in bu dönemdeki şarkılarının çoğunun meşhur olmakla ya da en azından sanatı aracılığıyla halktan onay görmekle ilgili olmasından kaynaklanıyor: bir şarkının son dizesi "Kazanmak için buradan gidiyorum" olduğunda, bu şarkıyı her akşam, gittikçe büyüyen kalabalıklara söyleyerek kazandığından başka ne düşünebiliriz ki? (Peki "Rosalita"da dokunaklı, komik ve masum bir neşeyle "Çünkü Rosie, plak şirketi bana yüklü bir avans verdi" dediğinde plak şirketinin ona yüklü bir avans verdiğinden başka düşünecek ne var ki?) Bu şöhret hayali hiçbir zaman olumsuz, çirkin bir hayal değildir, çünkü şöhretin kendisine duyulan bir arzudan değil, huzursuz, kontrol edilemez bir sanatsal dürtüden kaynaklanır – yeteneği olduğunu bilir, bunun karşılığı da yeteneğini ortaya çıkarmasına yardımcı olarak mali kaynaklardır. Televizyonda bir yarışma programı sunmak ya da başkana suikast düzenlemek şöhret hayalini tatmin edemez.

Tabii eğer bir yazar olmayı hayal ediyorsanız, bu hayallerin yanında karanlık, bulanık şöhret görüntüleri de vardır (tersini söyleyenlere hiç inanmayın); aldığım her red mektubuna, dostlarımın ya da akrabalarımın bütün şüphelerine cevabım "Thunder Road"du. Onlar kaybedenlerin olduğu şehirlerde yaşıyorlardı diyordum kendime, ve ben de Bruce gibi, kazanmaya gidiyordum. (İşin tuhafı, bu şehirler kaybeden doktorlar, avukatlar ve akademsiyenlerle dolu olan Cambridge ve her alanda başarılı kaybedenlerle dolu olan Londra'ydı, fakat kimin umurunda? Elimde bu malzeme vardı, ben de onun üzerinde çalışıyordum.)

Bunun bana çok yardımı oldu, zaman içerisinde benim bir şeyler yapmak için bir yerlerden gitmeye niyetim olmadığı, hele de şarkıda bahsedilen hızla hareket etmediğim ortaya çıktığında "Thunder Road" yaşa gönderme yapmaya, böylece bu hareketsizliği açıklamaya başladı. "Demek korkuyorsun, artık o kadar da genç olmadığımızı düşünüyorsun," diyordu Bruce; gecenin herhangi bir sihri olup olmadığından şüphelenmeye başladığım zaman bile bu dize beni anlatıyordu: Çok uzun zaman, onyıllar boyunca artık o kadar da genç olmadığımı düşündüm, bugün bile bu durumu gençliğin sonlarında ortaya çıkan keskin bir korku yerine orta yaşa varma isteği olarak yorumlamayı seçiyorum.

Seksenlerin ortasında, bu şarkının farklı bir versiyonunu dinlemiş olmamın da yardımı oldu. Springsteen'in sadece bir akustik gitarla söylediği piyasaya çıkmamış bir stüdyo kaydı (*Born To Run*'ın kayıtlarındaki denemeleri içeren bootleg* *War And Roses*'da); "Thunder Road"u geçmişe, bitmiş aşklara, kaçırılmış fırsatlara, kendisi hakkındaki yanılgılarına, kötü kadere, başarısızlığa söylenmiş can sıkıcı, yorgun bir ilahi olarak tekrar yorumluyor. Bunlar bana da uyuyordu. Hatta, şarkının son dizesini kafamda duymaya çalıştığımda ilk aklıma gelen akustik versiyonu oluyor. Yavaş, ağlamaklı ve kesinlikle ikna edici: her versiyonda sizi söylediklerinin doğruluğuna inandıran bir sanatçı çok şeyi yapmaya muktedir bir sanatçıdır.

Dinlediğim ve çok sevdiğim başka bootleg kayıtlar da var. Şarkının *Born To Run*'daki halinin en güzel yanlarından biri, başındaki hırıltılı mızıka ve neredeyse insanın canını yakacak kadar güzel olan piyanonun, albümün başından daha önce gerçekleşmiş, çok önemli, hüzünlü ama bütün ümitleri de ortadan kaldırmayan bir şeyi anlatıyor gibi olması; "Thunder Road" Born To Run'ın A yüzünün ilk şarkısı olduğundan, albüm sanki kendi kapanış notalarıyla açılıyor gibidir. Yetmişlerin sonunda, Darkness on the Edge of Town turnesinde Springsteen sahnede en kasvetli, en umutsuz şarkılarından biri olan "Racing In The Street"ten "Thunder Road"a geçerek bu etkiyi arttırmıştı. İki şarkı arasındaki geçişi belirleyen mızıka uzun ve zorlu bir kıştan sonra gelen baharın bir anda ortaya çıkıveren görkemli habercisi gibidir. Yetmişlerdeki bu konserlerin kayıtlarında "Thunder Road" sonunda *Born To Run*'daki konumunun engellediği kurtuluş duygusunu sunar.

* Bir grubun ya da sanatçının yasal olarak piyasaya sürülmemiş kayıtları. Çoğunlukla konserlerde yapılmış olsa da albüm kayıtları sırasında ortaya çıkan ama albümde kullanılmayan malzemelerden de oluşabilir. (ç.n.)

Belki de "Thunder Road"un bendeki etkisini sürdürmesinin nedeni, gücüne, volümüne, hızlı arabalara, saçlara rağmen bir şekilde kulağa hüzünlü gelmesi; yaşlandıkça bunu daha iyi fark ediyorum. Sonuçta, sanırım ben de hayatın önemli ve hüzünlü olduğuna inanıyorum, ama bu bütün ümitleri ortadan kaldıracak bir şey değil. Belki bu beni kendi kendisini dramatize eden kasvetli biri yapıyor, belki de mutlu bir salak, ama her şekilde, "Thunder Road" ne hissettiğimi ve kim olduğumu biliyor; sonuçta sanatın tesellilerinden biri de budur.

Ek

Birkaç yıl önce, önce Birleşik Krallık'ta, sonra diğer ülkelerde çok fazla kitabım satılmaya başladı ve beni çok şaşırtan bir biçimde, kendimi edebi ve kültürel ana akımın bir parçası olarak buldum. Bu beklediğim ya da kendimi hazırladığım bir şey değildi. Herhangi birinin kendisini eserlerimden dışlanmış hissetmesi için bir neden göremesem de -sonuçta zor ya da deneysel şeyler değiller- kitaplarım bana tuhaf ve küçük bir kitleye hitap ediyor gibi geliyordu. Ama bir anda pek çok farklı tipte, benim tanımadığım, sevmediğim ya da saygı duymadığım insanın benim hakkımda, yeni ve değişik bir şeyken tek kelimesi değişmediği halde bir gecede klişe ve sıradan oluveren eserlerim hakkında bir fikri oluştu. Karşıma benim ve yaptıklarımın korkunç bir yansıması çıktı, lunaparktaki güldüren aynalardaki yansımalar gibi, yamuk ve bozuk – bu bendim, ama ben değildim. Bana özellikle zorluk çıkartılıyor falan değildi, aralarında tanıdıklarım da olan başkaları çok daha kötülerini yaşadı. Ama yine de, o koşullarda yapmak istediklerinizde ısrarcı olmak çok zor.

Ve Sprinsteen bir biçimde yolunu bulmuştu. Hâlâ adı zaman zaman olumsuz olarak anılıyor (bir yıl kadar önce Tony Blair'e Bruce'u sevdiği için sataşan bir gazete yazısı okumuştum; görünüşe göre Başbakan'ın sonsuz cehaletinin ve zevksizliğinin göstergesiydi bu) ve bazılarının görebildiği tek Springsteen, Springsteen'in güldüren aynalardaki yansıması. Birkaç ay içinde rock'n roll'un geleceği olmaktan pörsümüş, milliyetçi, stadyumları sallayan bir etkafaya dönüştü. Bu süreçte popülerliğinden başka hiçbir şey değişmemişti. Her neyse, bence Springsteen'in kararlılığı ve kişiliğine yapılan saldırılarla başa çıkma biçimi örnek alınmalıdır; bazen yaptıklarınızı çok fazla insanın beğenmesinin bunların değersiz olduğu anlamına gelmediğini hatırlamak zordur. Aslında bazı durumlarda bunun tam tersi de geçerli olabilir.

3 "I'm Like a Bird" - Nelly Furtado

Ah, tabii ki pop müziği küçümseyen insanları anlıyorum. Pop müziğin çoğunun, hatta neredeyse hepsinin beş para etmez, yaratıcılıktan yoksun, kötü yazılmış, özensizce düzenlenmiş, boş, kendi kendini tekrar eden, çocuksu işler olduğunu biliyorum (aslında bu sıfatların en az dört tanesi havalı dergilerde ve gazetelerde durmaksızın pop müziğe yapılan saldırıları nitelemek için de kullanılabilir). İnanın Cole Porter'ın Madonna'dan ya da Travis'ten daha "iyi" olduğunu, pop şarkılarının çoğunun, onları küçümseyerek benden otuz yaş gençleri hedeflediğini, her şekilde altın çağın otuz beş yıl öncede kaldığını, o günden beri işe yarar pek az iş yapıldığını da biliyorum. Yalnız, radyoda duyup gidip CD'sini aldığım ve şimdi günde on-on beş kez dinlemek zorunda olduğum bir şarkı var...

Çağdaş pop müziği (bu sözcüğü beş para etmez olarak nitelenebilecek bütün türler için kullanıyorum - soul, reggae, country, rock...) kendilerinden aşağı, arkalarında, gerilerinde (buraya mesafe belirten herhangi bir edat koyabilirsiniz) görenler konusunda kafamı karıştıran bir şey var: hiç mi yeni şarkı duymuyorsunuz, en azından yeni bir şarkıdan hiç mi keyif almıyorsunuz; ıslıkla eşlik ettiğiniz, mırıldandığınız her şarkı onyıllar, yüzyıllar önce mi yazılmış? Gerçekten insanlar Harold Bloom'un* kim olduğunu bil-

* Ünlü bir edebiyat eleştirmeni. (ç.n.)

mediğinizi sanacaklar diye bir şarkıyı öğrenme zevkinden kendinizi mahrum mu ediyorsunuz? (Ne tesadüf ki insanlık tarihinde bu zevkten vazgeçen ilk nesil de sizinki.) Vay be. Eminim partilerde çok eğleniyorsunuzdur.

Şu sıralar beni keyiften deli eden şarkı Nelly Furtado'nun "I'm Like a Bird" şarkısı. Bayan Furtado'nun bir sanatçı olup olmayacağının cevabını sadece tarih verebilir; dünyaya bakışımızı değiştireceği konusunda şüphelerim olsa da bunun pek umurumda olduğunu söyleyemem: bana şarkısını peş peşe dinlemek için bağımlılıktan farksız bir ihtiyaç hissettirdiğinden dolayı ona her zaman müteşekkir olacağım. Sonuçta bu zararsız bir ihtiyaç, karşılanması çok kolay ve dünyada bunlardan pek fazla yok. Diğerlerinin aksine, bu şarkı için bir savunma hazırlamak bile istemiyorum. Yine de, bu şarkının onu kansız ve cansız benzerlerinden hemen ayıran romantik bir sükunet ve yaralı bir iyimserlik taşıyan çok iyi bir pop şarkısı olduğunu söyleyebilirim. Birkaç ay önce, en azından bizim bildiğimiz kadarıyla, böyle bir şarkı yoktu ve şimdi var; bu bile ufak bir mucize sayılır.

Dave Eggers, şarkıları üst üste dinleyenlerin onları "çözmek" zorunda oldukları için böyle yaptıklarını söylüyor. Yeni bir şarkıyla ilişkimizin başlarında, kur yapma aşamasında duygusal karmaşa gibi bir aşama olduğu doğrudur. Mesela, "I'm Like a Bird"ün ortalarında bir cümlede sesin üst üste bindiği bir yer var; buradaki etki –özellikle de müzisyen olmayan, müziği seven, müziğe değer veren, ama en ufak müzikal numaralar karşısında bile kafası karışıp baştan çıkan biri için– yoğun, yeni ve bağımlılık yaratıcı.

Tabii yakında zayıf ve bayat gelecek. Çok zaman geçmeden "I'm Like a Bird"ü "çözmüş" olacağım, artık eskisi kadar çok dinlemek istemeyeceğim... üç dakikalık bir pop şarkısı da gizemlerini ancak belirli bir süre koruyabilir. Yani, evet, bu kullanılıp atılabilir bir şarkı, sanki bu insanın pop müziğin değeri hakkındaki algısında bir fark yaratırmış gibi. Peki o zaman artık *"Ayışığı" Sonatı*'ndan sıkılmış olmamız gerekmez mi? Ya da *Christina'nın Dünyası*'ndan? Ya da *Ciddi Olmanın Önemi*'nden? Hepsi boş! Hiçbir şey kalmadı! İliklerini emdik! Sinirime dokunan şu: pop'un kullanılıp atılabilirliği hakkında atıp tutanlar, Lady Bracknell'ın komik bir aksanla "El çantası mı?" deyişini izlemek için defalarca tiyatroya gidenlerle aynı insanlar. Bu esprinin artık suyunun çıktığını düşünmüyorlar mı? Belki de kullanılıp atılabilir olmak, sanılanın aksine, pop müziğin olgunluğunun, sınırlarının farkında oluşunun bir göstergesidir. Her neyse, geçen gün bir doktorun bekleme odasında otururken sabırla annelerinin işini bitirmesini bekleyen dört küçük Afrika-Karayip kökenli kız bir anda Nelly Furtado'nun şarkısını söylemeye başladı. Şarkıyı ezbere biliyorlardı, birkaç da dans hareketi yaptılar, büyük bir istekle ve neşeyle söylüyorlardı ve ben geçici bir süre için onlarla ortak bir noktamız olmasından hoşlandım; sanki aynı dünyada yaşıyormuşuz gibi hissettim, ki bu çok sık olan bir şey değildir.

Yılda birkaç kez arabada dinlemek için son aylarda hoşuma giden yeni şarkılarla dolu bir kaset hazırlarım. Her kaseti hazırlamayı bitirdiğimde, yeni bir tanesi olacağını düşünemem bile. Ama hep olur, ve ben bir sonraki için sabırsızlanıyorum; işte böyle birkaç yüz şey daha olsa yaşanmaya değer bir hayatımız olurdu.

4 "Heartbreaker" - Led Zeppelin

Erkeklerin heavy metal'le (ya da numetal'le, rap metal'le) olan takıntılı ilişkisi geleneksel olarak, penis yerine geçen gitarlar, homoerotizm ve sapkınlık, cinsel kafa karışıklığı ve inatçı, hastalıklı nevrozların belirtisi olan pek çok şeyle açıklanır. Doğru, kısa bir süre İrlandalı blues-rock gitaristi Rory Gallagher'a aşıktım (karşılıksız bir aşktı) ve bir rocksever olarak hayatımın ilk üç-dört yılında sadece kemirgenleri ve / veya sürüngenleri yediklerini zevkle anlatan şarkıcıları dinledim. Yine de ilk zamanlarda Zeppelin, Sabbath ve Deep Purple'la oyalanmamın patolojik değil müzikal bir açıklaması olduğunu düşünüyorum: bir şarkı hakkındaki yargıma güvenemiyordum. Altyazılı olmayan hiçbir filmi seyretmeyen gösterişçi ama kalın kafalı bir yetişkin gibi ben de gürültülü, distorsiyonlu gitarlar arkasında boğulmamış herhangi bir müziği dinlemiyordum. Başka türlü müziğin iyi olup olmadığını nasıl anlayabilirdim ki? Bıyığı ve sakalı olmayan, kemirgen yerine salata yiyen insanların (mesela kızların) piyanoyla ya da akustik gitarla çaldığı şarkılar... e yani, bunlar beni faka bastırmak isteyen kötü müzikler olabilirdi. Bunlar The Beatles olmadıkları halde onlar gibi davranan insanlar olabilirdi. Her şey böyle üstü kapalıyken nasıl anlayabilirdim ki? Yok, en iyisi iyi kötü meselesini bir kenara bırakıp gürültülü olana takılmaktı. Gürültülü müzikte fazla yanlış olmazdı.

Şarkı isimlerinin de yardımı oldu. Açık seçik heavy-rock tınıları taşımayan isimler gürültülü gitar olmadan yapılan müzik gibiydi: birileri cep harçlığınıza göz dikmiş, sizi farklı bir şey olduğuna inandırarak kandırmaya çalışıyor olabilirdi. Joni Mitchell'ın *Blue*'suna bakın mesela. Ben baktım, dikkatle, ve güvenmedim. İnsan "My Old Man" (babamın "My Old Man's A Dustman" adında bir şarkıyı sevmesinin konuyla hiç alakası yok) ya da "Little Green" adında bir şarkının (babamın "Little Green Apples" adında bir şarkıyı sevmesinin konuyla hiç alakası yok) kötü bir şarkı olacağına kolaylıkla ikna olabilirdi; Tanrı biliyor ya, albümü dinleyerek boktan şeyin iyi olup olmadığını anlayamazdınız. Ama Black Sabbath'ın *Paranoid* albümündeki şarkılar sağlam, güvenilir, kalitesini anında belli eden şarkılardı. "Iron Man", "War Pigs" ve –işte zurnanın zırt dediği yer– "Rat Salad"?

Yani benim daha sakin şarkıları; country, soul ve folk şarkılarını, kadınların seslendirdiği, piyano, viyola ya da öyle saçma bir şeyle çalınan baladları, ahenkli, "Carey" gibi adları olan şarkıları (yani duyan bir çift kulağı olan kim *Blue*'yu sevmez ki?) sevmem yaşlanmamla değil, müzikal bir güven duygusu, kendi kendime yargıda bulunabilme yeteneği geliştirmiş olmamla ilgili. Sanki her geçen yıl grungevari bir gitar tabakası kazınıp atılmış gibi; sonunda umarım iyi bir George Jones şarkısıyla kötü bir taneyi ayırt edebilecek noktaya gelmişimdir. Böyle soyunmuş, üzerinde hiç Stratocaster* kalıntısı kalmamış şarkılar korkutucudur... kendi kendinize çözmeniz gerekir.

İşte bunu yapabildiğiniz zaman on dört yaşındaki kadar tembel ve kendi yargılarınız konusunda korkak olursunuz. Bir CD'nin iyi olup olmadığına nasıl karar verirsiniz? Sakin bir zevkin göstergelerine bakarsınız, işte böyle. Bunalım takılan siyah beyaz kapağa bakarsınız, viyolalardan eser var mı diye kontrol edersiniz, belki kaliteli birileri konuk olmuştur, üzerine yapıştırılmış bir etikette *Mojo*'da ya da oturaklı büyük boy gazetelerden birinde çıkan bir eleştiriden alıntılar vardır, orada burada edebiyata ya da sinemaya yapılmış göndermeler bulunur. Tabii sonra çığlık atan, deri pantolon giyen uzun saçlı heriflerin yaptığı müzikleri dinlemeyi tamamen bırakırsınız. Değeri bilinmeyen modernliğin güzelliklerine

* Fender'in bir gitar modeli. (ç.n.)

böyle düşmanca saldıran insanlar tarafından o kadar yüksek sesle çalınan müziğin iyi olup olmadığını nasıl anlayabilirsiniz ki?

Son birkaç yılda müzikal beslenme düzenimin karbonhidratlara yeteri kadar yer vermediğini, rock gitarının (özellikle arabalarda ve uzun bir günü atlatmanıza yardımcı olacak hızlı, ucuz bir şeylere ihtiyaç duyduğunuz kitap tanıtım turnelerinde) çok önemli bir besin olduğunu keşfettim. Nirvana, *The Bends* ve Chemical Brothers iştahımı kabartıyordu ama ancak Led Zeppelin doyurabiliyordu; hatta eğer bir gün şaşkın bir uzaylıya bir blues-metal melodisi mırıldanmam gerekirse Zeppelin'in *Led Zeppelin II*'de yer alan "Heartbreaker"ını seçerdim. Benim "DANG DANG DANG DANG DA-DA-DANG, DA-DA-DA-DA-DA DANG DANG DA-DA-DANG" diye şarkı söylemem onu ne kadar aydınlatırdı bilmiyorum ama koşulların elverdiği ölçüde, görevimi yapmışım gibi hissederdim. Yazılı olduğunda bile (büyük harflerin yardımıyla olsa da), şarkının görkemli, moronca gürültüsü etkili ve açık bir şekilde yansıtılıyor. Bir daha okuyun. Gördünüz mü? Yıkılıyor.

Led Zeppelin'i yeniden keşfetmek –ve Chemical Brothers'ı ve *The Bends*'i dinlemek– konusunda en çok hoşuma giden şey bunların artık hayatımda kolayca kendilerine yer bulamamaları. Yaşınız ilerledikçe tükettiklerinizin çoğu rahatlıkla ilgili oluyor: çocuklarım, komşularım ve hayatında bir daha herhangi bir blues-metal melodisi ya da *block-rockin' beat* duymasa hiç üzülmeyecek olan bir sevgilim var. Artık daha az zamanım var, saçmalığa eskisi kadar tahammül edemiyorum, zevklere daha düşkünüm, kendi yargılarıma daha çok güveniyorum. Etrafımda bulundurmayı seçtiğim kültür benim kişiliğimin ve içinde yaşadığım koşulların bir yansıması... bir açıdan bakınca da böyle olması gerek. Ancak bunu yapmayı öğrenirken bazı şeyler kaybediliyor; kaybolan şeylerden biri de –mesela hasta çocukları anlatan hastane dizileri ve deneysel filmlerin yanında– Jimmy Page. Onun çıkardığı gürültü artık beni ifade etmiyor ama yine de dinlemeye değer bir gürültü; ayrıca akıllı bir adam olarak büyümeye çalışmanın da bir bedeli olduğunu hatırlatıyor.

5

"One Man Guy" - Rufus Wainwright

Haliyle, Tanrı'ya inanmamaya çalışıyorum, ama bazen müzikte, şarkılarda öyle şeyler oluyor ki, kalakalıyorum, bir daha düşünmem gerekiyor. Bazı şeyler parçalarının toplamından daha değerli olduğunda, elde edilen etki açıklanamadığında benim gibi ateistlerin işi zorlaşmaya başlıyor. Rufus Wainwright'ın babası Loudon'ın "One Man Guy" şarkısını yorumlayışına bakın mesela. Aslında burada o duyguyu yaratacak bir şey yok: şarkı çok güzel, ama biraz buruk, biraz kasvetli, alaycı -buradaki espri şarkının tekeşliliğin güzelliği üzerine değil, bencilliğin ve insansevmezliğin güzelliği üzerine olması; genç Wainwright'ın cinsel tercihleri de bu espriye zarif bir katkıda bulunuyor- ve Tanrı'nın böyle alaycı, kendi kendisiyle kafa bulan bir şarkıya uğrayacak vakti olduğunu düşünmek zor. Yine de, tuhaf ama, uğruyor. Buna hiç şüphe yok. (Tabii bunu yaparken homoseksüellik konusunda ne düşündüğü sorusuna da açık ve net bir cevap veriyor: hiç umursamıyormuş. Resmi bir açıklama.)

Bana göre, O ikinci kıtanın başında, Rufus ve kızkardeşi Martha uyum içinde söylemeye başladıklarında şarkıya dâhil oluyor. O'nun varlığı belki özellikle (belki de sadece o ana kadar fark edilememiş bir espri anlayışını gözler önüne sererek) "İnsanlar meditasyon yapıyor, hey bu harika, İç Ben'lerini bulmaya çalışıyorlar" dizesinde kendisini hissettiriyor. Bunu hissettiren şey uyum, ama bunun neden mi yoksa sonuç mu olduğu tartışmalı. Tanrı, Martha ve Rufus birarada bu kadar güzel söylüyorlar diye mi şarkıya katılıyor – uzaktan duyup "Hey, bu tam benlik bir müzik, gidip neler olduğuna bakayım" mı diyor? Yoksa ikisinin beraber söylemelerini

O mu sağlıyor – onların ne için şarkı söylediklerini görüp yardım etmeye mi geliyor?

Rufus Wainwright'ın söylediği "One Man Guy"da Tanrı'yı duyabilirsiniz derken kastettiğim ak sakallı, yaşlı bir adamın –ilahi bir Willie Nelson mesela– şarkıya eşlik ettiği değil. İkinci kıtanın başında ortaya çıkan bu sürpriz konuğun İsa'nın günahlarımız yüzünden öldüğünü ya da zenginlerin Cennet Krallığı'na girerken zorlanacaklarını kanıtladığını da anlatmaya çalışmıyorum. Sadece bazı ürpertici anlarda –haliyle, siz de kendinizinkileri bulacaksınız– kelimesi kelimesine açıklamaya çalışmanın ne kadar zor olduğunu söylüyorum. (Bu arada, ne kadar güzel olursa olsun, dini müzik karşısında böyle bir zorluk çekmiyorum. O besteciler hile yapıyor: O'nu davet ediyor, kışkırtıyorlar. O da bunlara kanmıyordur herhalde? Bence bütün bunlara bulaşmayacak kadar kendisine saygısı vardır.)

Sevdiğim müziklerde ara sıra kendisi gösteren bu Kutsal Varlık'ın görüntüsünün benim için nasıl bir fark yarattığından emin değilim. Tamam, belki biraz rahatlama sağlıyordur çünkü birlikte çok zaman geçirdiğim pek çok insanın, yazarların, müzisyenlerin, sporcuların ve siyasetçilerin Tanrı konusunda söyleyecek çok şeyleri var, bu zamana kadar kendimi biraz dışlanmış hissediyordum; şimdi benim de onlara karşı masaya koyabileceğim ruhani bir şeylerim var. Ah, tabii bir yazar olarak kelimelerle ifade edilemeyen şeylere karşı biraz sabırsız oluyorum – benim her şeyin kelimelerle ifade edilebileceğine inanmam gerekiyor, yoksa niye uğraşıyorum ki? Ama iki ses içiçe geçtiğinde neler olduğunu anlatabilecek kelimelerin var olduğundan emin değilim (basit bir akordun gücü, güzelliği ve saf mükemmeliyeti biraz Alacakaranlık Kuşağı'na yaraşır bir durum değil mi? Pisagor'un uyuma kafayı takmış olmasına şaşırmamak lazım). Tek söyleyebileceğim, olmayan sesleri duyduğum, normalde görmediğim, hissetmediğim şeyleri görüp hissettiğim ve evet, ölümsüz bir ruhun ya da en azından insanlığın hayatlarımızın kısa ama anlamlı olduğuna dair ortak bir bilincinin var olduğunu anlamaya başladığım. Bunun ötesi, öyle pek de fazla bir şey değiştirmiyor. Ama her ihtimale karşı, böyle şarkıları çok sık dinleyeceğimi de söyleyemem.

6

"Samba Pa Ti" - Santana

"Samba Pa Ti" bir şarkı değil, enstrümantal bir parça, ama ilk duyduğüm zamanlarda, ergenliğimde kritik bir dönem boyunca bana sözleri olan herhangi bir şarkı kadar anlamlı geliyordu: Seksi anlattığından emindim. Daha kesin konuşmak gerekirse, "Samba Pa Ti" bekaretimi kaybederken dinleyeceğim şeydi – müzik setinde çalmasa da kafamın içinde çalacaktı. Yavaş, gizemli ve güzelce başlar, sonra hızlanır, en sonunda da... gittikçe duyulmaz olur. (Bu arada parça dört dakika kırk yedi saniye sürüyor; ama beni hava atmakla itham etmeden önce, yavaş kısımda başka şeyler –öpüşmek, soyunmak, muhtemelen sinemadan eve dönmek için otobüs beklemek– yapacağımızı ummuştum, yani müzik duyulmamaya başlayana kadar dayanabileceğime güveniyordum.)

O sırada daha iyi fon müziği olacak herhangi bir şey duymamıştım; aslında hâlâ da bundan iyisini duyduğumu sanmıyorum. Pek çok farklı müzik türü sürekli "seksi" olarak tanımlanıyor, ama bu illa ki sevişmenize eşlik etmelerini isteyeceğiniz anlamına gelmiyor. Aslında bunların çoğu sekse eşlik edecek değil, onun yerini alacak şeyler – yapanlar için değil, yapamayanlar (ya da eve gidene kadar beklemek zorunda olanlar) için müzikler. "Let's Get It On" çalarken gülmeden sevişebilmek mümkün müdür? (Seks sırasında gülmek kötü bir şey olduğundan değil, ama benim tahminim, Marvin'in çıkmasını umduğu sesler gülme sesleri değildi. Eğer gülmek istiyorsanız şehevi zevklerinizi Steven Wright'ın "I Have a Pony" şarkısıyla ya da Rick Dees'in "Disco Duck"ıyla arttırmayı deneyebilirsiniz.) Peki, bir kıkırdama krizine kapılmadan oraya kadar gelebildiyseniz bile albümün üçüncü şarkısı "If I Should Die Tonight"ı atlatmayı başarabilir misiniz? Diyelim ki o zamana kadar işinizi bitirdiniz, ama bu durumda da müziği kapatmamış olma ihtimaliniz var, yani Marvin hayatlarınızın geri kalan kısmında az öncekinden daha iyi bir seks olmayacağını -bundan sonraki bütün tecrübelerinizin büyük bir hayal kırıklığı yaratacağını, artık ununuzu eleyip eleğinizi asmanızın en doğrusu olacağını- söylerken siz kız arkadaşınız, erkek arkadaşınız ya da pek de iyi tanımadığınız biriyle uzanmış yatıyor olacaksınız. Bu herhangi bir çiftin sırtına yüklemek için fazla ağır bir yük; ilişki sonrasındaki alışılagelmiş eylemlerin (uyumak, çorapları ya da televizyonun kumandasını aramak, uydurma email adresleri alışverişi, vs.) gerçekleşmesini zora sokması da cabası.

Prince'in *Controversy* albümündeki "Do Me, Baby", şimdiye kadar yapılmış en müstehcen, en erotik şarkılardan biri, ama o da en az "Let's Get It On" kadar sorunlu. Öncelikle, şarkının iyice yükseldiği noktadan (gürültülü piyano vuruşları, inlemeler, iç çekmeler, vs.) sonra Prince'in iyice tuhaflaştığı, "çooook üşüdüğünü" söylediği bir bölüm var, sizin de saçmalık derecesinde ince bir yorganınız yoksa epey dikkat dağıtıcı olabilir. Albümde bundan sonra gelen şarkı, "Private Joy" samimi bir anda dinlemek isteyeceğiniz bir şarkı olmasa da en azından eğer *Controversy*'nin plağına sahipseniz ilk yüzün kapanışını yapar, ama yok, sizde CD'si varsa kendinizi Prince "Ronnie Talk To Russia"yı söylerken -artık, en azından cinsel bağlamda tartışmaya açık olan, aciliyet meziyetini bile taşımayan bir duyarlık- bedensel zevk vermeye ve almaya çalışırken bulabilirsiniz ki bu da pek mutluluk verici bir durum olmaz. İnsan merak ediyor, şarkıların sıralamasını yaparken acaba aklından neler geçiyordu? Herhalde şöyle bir şeyler: "Nefeslenmeleri için beş dakika vereyim, sonra yaklaşmakta olan Kıyamet'i düşünmek isteyecekler."

Haliyle bekaretimi "Samba Pa Ti"yi dinlerken kaybetmedim. Onun yerine bahtsız sevgilimle o sıralarda en sevdiğim albümlerden biri olan Rod Stewart'ın *Smiler* albümünün ikinci yüzünü dinliyorduk; şimdi fark ediyorum da ikinci yüzde "Hard Road", "I've Grown Accustomed To Her Face" ve "Dixie Toot" gibi şarkılar vardı. Tabii ki, ideal bir dünyada böyle olmaması gerekirdi.

7 "Mama You Been On My Mind" - Rod Stewart

Smiler'ın ikinci yüzünü dinliyorduk çünkü ben gençliğimin ortalarından sonlarına kadar büyük bir Rod Stewart hayranıydım. Şimdi buna inanmak zor ama 1973'te Rod Stewart'a hayran olmak 1994'te Oasis'e hayran olmak ya da 1989'da The Stone Roses'a hayran olmak gibiydi – diğer bir deyişle, sınıftaki en havalı çocuk olmanızı sağlamasa da utanılacak bir şey değildi. Cameron Crowe'un yönettiği *Almost Famous* [*Şöhrete Bir Adım*] filminin en güzel yanlarından biri bunu kabul etmesi, Rod'a hakkını teslim etmesiydi; grup otobüsle uzaklaşırken tek dinledikleri "Every Picture Tells A Story"dir. Şu anda kendimi savunurken kullanabileceğim tek şey de bu çünkü birkaç yıl sonra utanılacak pek çok şey ortaya çıkmıştı: Britt Ekland mesela. Ya da Britt Ekland olmayan ama olsa da pek bir şey fark etmeyecek, birbirlerinin yerine geçebilecek çok sayıda sarışın kadın. Ve "Do Ya Think I'm Sexy" şarkısı. Ve İskoçya'nın 1978 Dünya Kupası şarkısı "Ole Ola" (nakaratı şöyleydi: "Ole ola, ole ola / Alacağız Dünya Kupası'nı oralarda"). Ve Los Angeles'a olan tutkusu, albüm kapaklarındaki şampanya ve hasır şapkalar, *Atlantic Crossing*'in kapağındaki resim, Faces'in konser albümü (ikinci yüzü biterken son duyduğunuz Stewart'ın pis bir sırıtışla "Bize zaman... ve para ayırdığınız için teşekkürler," deyişidir), her yola gelen stüdyo müzisyeni, Faces'dan sonra yaptığı her işte karşınıza çıkan Stones artığı ağır rock, ki "Hot Legs" bunun şablonu olarak kabul edilebilir... Bu zayıflığımı itiraf ettiğim bir arkadaşım ifadesiz bir sesle "İşte insanı hiç yüzüstü bırakmayan bir adam," demişti. Rod'un sicilinde kara lekeler olduğu doğrudur.

Yine de ona çok şey borçluyum. İlk dört beş solo albümü sevdiğim ilk baladları –"Country Comfort", "Tomorrow Is A Long Time", "Handbags and Gladrags", "Reason To Believe", "I'd Rather Go Blind", vs.– barındırır; hâlâ balad dinlemeyi başka herhangi bir şeye tercih ederim. Ayrıca bana yorumlamanın da bir sanat olduğunu öğreten ilk şarkıcıdır: en iyi şarkıları her zaman *cover*'lardı ve ben her zaman (hiçbir şey bilmezken de müzik konusunda tam bir züppeydim) *cover*'ların bir biçimde taklit olduğunu, haliyle daha değersiz olduğunu düşünürdüm – sadece orijinallerin bir anlamı vardı. Ama bu orijinallere baktığımda çoğu zaman onlara bir şeyler kattığını görerek şaşırdım. Tabii ki Sam Cooke'dan daha iyi bir şarkıcı değildi ama Stewart'ın "Bring It On Home To Me" yorumunda Cooke'unkinde duyamayacağınız bir gürültü ve ritm vardı; Dylan'ın "Mama You Been On My Mind"ıysa bana bir tıngırtıdan farksız gelir – Dylan'ın en güzel ve en basit sözlerinden birine sahip harika bir tıngırtı, ama sonuçta bir tıngırtı. Şarkıyı kurtaran, en azından şarkıya dikkat çeken, Stewart'ın onu çok sevmesi: Dylan'ın geldiği yerde bundan daha çok olduğunu ima eder gibi şarkıyı neredeyse bir kenara attığı noktada Stewart'ın saygı duruşu ona Dylan'ın esirgediği destansı bir özellik katıyor, hak ettiği değeri veriyor. Sanırım ben artık iki versiyonu da eşit derecede seviyorum, ama Stewart olmasaydı bu şarkıda bir numara olduğunu fark etmezdim bile.

Bunlar Rod Stewart sayesinde sahip olduğum albümler: Stewart'ın "It's Not The Spotlight"ı ödünç aldığı Bobby Bland albümü, *His California Album* (her ne kadar Stewart'ın yorumu daha yavan ve daha az çarpıcı olsa da, Rod çok doğru bir karar verip Bland'ın çıkardığı korkunç boğaz temizleme seslerini çıkarmamıştı); bütün Bobby Womack koleksiyonum (bildiğim kadarıyla Stewart hiçbir Womack şarkısı söylemedi ama birkaç tanesini arakladı ve röportajlarında hep Womack'ten söz etti); Chuck Berry – *Golden Decade,* Temptations – *Greatest Hits,* Sam Cooke – *Golden*

Greats. Beni The Isley Brothers'la ("This Old Heart Of Mine"), Aretha Franklin'le ("(You Make Me Feel) Like a Natural Woman/Man") ve Crazy Horse'la ("I Don't Want To Talk About It") tanıştırdı. Aretha'yı, Bobby Bland'i ve Temptations'ı öğrendikten sonra B.B. King'i, Four Tops'ı, Atlantic'i, Chess'i... tanıdım. Bunların hepsi çok iyiler; o sıralarda bunları keşfetmemiş olmak istemezdim. Eğer aynı dönemde dikkatimi çekmek için yarışan Elton John'a, Jethro Tull'a ya da Mike Oldfield'a bu şekilde kapılsaydım muhtemelen şu anda hiç müzik dinlemiyor olurdum.

Bana öyle geliyor ki, pop müzik dinlemeye en uzun süre devam edenler genç yaşta kendilerini Stewart gibi, bariz bir şekilde müzik hayranı olan birilerinin ellerine teslim edenler. Eğer bu sıkıntıya girmeye üşenmezlerse, Stones hayranlarının Arthur Alexander'ı, Solomon Burke'ü ve Don Covay'i dinlemeleri gerekir (Jagger'ı seven ama Covay'i dinlememiş olanların bir bakması iyi olur – eğer Jagger'ın gerçekten özgün bir karakter olduğuna çok fazla bel bağlamadıysanız çok eğlenirsiniz). Zeppelin sevenler Muddy Waters'ı ve Howlin' Wolf'u deneyebilirler. Yes'ten ve Genesis'ten önce Pink Floyd vardı, ondan önceyse pek bir şey yoktu, geriye dönüp bakınca, sanırım benim bu gruplardan pek hazzetmememin sebebi de bu. Müzik, havası alınmış ve sentetik gibi geliyordu ve daha o zamanlarda bile progresif rockçıların aslında klasik müzik yapmaları gerekirmiş, pop sanki onlardan aşağıda bir şeymiş gibi bir halleri vardı. İnsanı bir çıkmaz sokağa sokarlardı; gidecek hiçbir yer yoktu.

Yakın zamanda kendisi de eski bir Rod Stewart hayranı olan Elvis Costello ona prodüktörlüğünü yapmayı, böylece günahlarından arınması için bir yol önerdi. Ben de aynı hayali kuruyorum. Şarkıları ben seçmek isterim (bazı fikirlerim var ama haliyle bunlar birer ticari sır) ve "Every Picture Tells A Story"deki aksak folk gürültüsüne yakın işler çıkarabilecek müzisyenlerden kurulu, aynı dili konuşan bir grup lazım... Ondan epey iyi iş çıkarabilirim sanırım. Belki Elvis'le birlikte çalışabiliriz, ama düğmeleri falan onun kontrol etmesi gerekir, ben o konuda pek iyi değilim. Ama şu da var tabii; Rod niye böyle bir şey istesin ki? Bizsiz de iyi idare etti.

8 "Can You Please Crawl Out Your Window" - Bob Dylan

9 "Rain" - The Beatles

Bir Bob Dylan şarkısının Rod Stewart yorumuyla Dylan'ın kendi söylediği arasında bir tercih belirtmeyerek rengimi belli ettiğimi biliyorum: Büyük bir Dylan hayranı değilim. Tabii ki bende *Blonde On Blonde* ve *Highway 61 Revisited* var. *Bringing It All Back Home* ve *Blood On The Tracks* de. Müziği seven herkeste bu dört albüm vardır. Ayrıca, *The Bootleg Series Volumes 1-3*'yi ve Royal Albert Hall'da kaydedilmediğini artık bildiğimiz o konser albümünü alacak kadar ilgiliyim. *Time Out Of Mind* ve *Love And Theft* hakkında çıkan eleştiriler beni bu albümler için de elimi cebime atmaya ikna etti, ama bunları çok sık dinlediğimi söyleyemem. Bir keresinden doğumgünü hediyesi olarak *Biograph*'ı istemiştim, yani o ve *The Bootleg Series*'la birlikte iki Dylan setim var. Şimdi bakıyorum da, bunların yanında *World Gone Wrong, The Basement Tapes* ve *Good As I Been To You* da var; ama galiba bunları benim Dylanseverliğimden çok Dylan'ın folk ve blues kökleri hakkında insanın aklına giren harika yazılar yazan Greil Marcus'a* olan saygıma borçluyum. Bu arada

* Amerikalı müzik yazarı ve eleştirmen. (ç.n.)

bir şekilde *Street Legal, Desire* ve *John Wesley Harding*'i de almışım. Ha, bir de *High Fidelity*'nin [*Ölümüne Sadakat*] film müzikleri albümünde de olan güzeller güzeli "Most Of The Time" için *Oh Mercy*'yi almıştım. İşte bu nedenlerle rafımda yirmiye yakın Bob Dylan CD'si var; hatta diğer bütün sanatçılardan çok Dylan CD'sine sahibim. Bazıları –toplamda yirmi CD'ye bile sahip olmayan annem mesela– benim bir Dylan fanatiği olduğumu söyleyebilir, ama Dylan fanatiklerinin nasıl olduğunu biliyorum, beni kendilerinden biri olarak kabul etmezler. (İşyerinde günün büyük bir kısmında sanki bu site CNN'miş, Dylan'ın kariyeri de Ortadoğu'ymuş gibi, Dylan hakkında bir web sitesi olan Expecting Rain'e bağlı kalan ve –işe bakın– Dylan'ın 1965'te kaydettikleri arasında aklı başında insanların sahip olmak isteyecekleri tek şey olan *Highway 61 Revisited* hariç, o yıl yaptığı bütün kayıtları içeren 14 CD'lik bir kutu dâhil olmak üzere toplam 130 Dylan albümüne sahip olan bir arkadaşım var. Dylan'ı bayağı sever.) Bir şarkıyı başından sonuna söyleyemem; oradan buradan bazı dizeleri biliyorum. Dylan'ın, Elvis Presley'den, Marvin Gaye'den, Bob Marley'den ve başka pek çok büyük sanatçıdan daha önemli ya da daha yetenekli olduğunu düşünmüyorum. Bir şair olup olmadığı, daha önemlisi başka bir şairden iyi olup olmadığı konusunda bir fikrim yok, hiçbir bootleg kaydına sahip değilim, bir daha konserine gitmek gibi bir isteğim yok (iki kere gittim, fazla bile geldi), hiçbir şarkısı hakkında bir teori geliştirmedim... sadece bazı şarkılarını severim ve bunun Yeterli Olmadığına inandırıldım.

Emma Kay adında çok zeki bir İngiliz sanatçı tamamen Shakespeare'in oyunlarının kendi (sözel) hafızasında bıraktığı izlerden oluşan bir dizi sanat eseri ortaya çıkarmıştı. Ben aynı şeyi Bob Dylan'ın hayatı için yapmaya kalksam şu liste çıkardı:

Zimmerman
Hibbing, Minnesota
New York kahvehaneleri
Joan Baez (Peki neden? Emin değilim)

The Band, önceden The Hawks. Elektrik. "Judas!"*

Motosiklet kazası. Daha sonra hiç eskisi kadar iyi olmadı. (Bu doğru mu? Sanırım kazayı Elvis'in orduda yaşadıklarıyla karıştırıyor olabilirim.)

Sarah (Hangi Sarah? Bilmiyorum). Boşanma.

Sürme

Hıristiyanlık

Farm Aid**

Turneler, turneler...

Sanırım bu bilgiler gereğinden fazla. (Ben niye Dylan'ın memleketini biliyorum ki? Ya da allahın cezası motosikletinden düştüğünü neden hatırlıyorum?) Bunun gibi bir listeyi William Shakespeare için yapmaya yeltenmeyeceğim, çok utanç verici olurdu ama listenin şunlardan ileri gitmeyeceğini söylemekle yetinebilirim: Stratford-upon-Avon, Anne Hathaway ve evi, Globe Tiyatrosu ve Esmer Kadın. Jane Austen: Bath, hiç evlenmemiş, bir keresinde kız kardeşimin evine gitmiş, muhtemelen kız kardeşim oraya taşınmadan önce. (Öyle olmalı, değil mi? Tarihsel açıdan yani.) Önemli edebi kişiliklerimiz hakkındaki cehaletimin tek sorumlusu tabii ki benim. Ancak Bob'un Hayatı'na olan aşinalığım için sorumluluk kabul etmiyorum. Bu bir sürü kişinin suçu: arkadaşlar, müzik yazarları, üniversite hocaları, yayınevimdeki editörler. Dylan'ı görmezden gelmenin zor olmasının en önemli nedeni de büyük bir şair olarak kabul görmesinin insanlarda pop yıldız-

* Yahuda; İsa'yı gammazladığına inanılan havari. Hainleri nitelemek için yapılan bir benzetme. Dylan folk'tan daha sert rock müziğe geçiş yaptığında bu değişimi onaylamayan bir hayranı 1966 yılında Manchester'da verdiği bir konserde Dylan'a bu şekilde bağırmıştı. (ç.n.)

** Live Aid konseri sırasında Bob Dylan'ın ortaya attığı bir fikir üzerine Willie Nelson, John Mellencamp ve Neil Young tarafından Amerika'daki çiftçilere maddi destek sağlamak üzere organize edilen, Dylan'ın da katıldığı ilki 1985 yılında yapılan konserler dizisi. (ç.n.)

larına duyulan hayranlığa genelde eşlik eden entelektüel güvensizlik duygusu olmadan sevilebilmesine imkân vermesi. Sanırım beni rahatsız eden de bu. Benim kitabımda ya varsınızdır ya yoksunuz; eğer varsanız da adam gibi var olun ve kalbinizde şiir olarak yutturabileceğiniz şeyler kadar büyük bir yeri boş şeyler –"Mmmm Bop" ve "Judy Is a Punk"– için de ayırın. Haliyle kafanızda "Mmmm Bop" için büyük bir yer açmanızı istemeyeceğim, ama sorun biraz da bu galiba: en iyi müzikler ruha hitap eder, kafaya değil ve ben bütün bu Dylan bağlılığının biraz müzik-karşıtı olmasından, bize kalbin değil, sadece kafanın önemli olduğunu söylemesinden rahatsız oluyorum.

Bu kitabın başka yerlerinde edebiyat ve müzik, özellikle de romanlar ve şarkılar arasında somut dayanakları olmayan karşılaştırmalar bulacaksınız, ama tabii ki güzel bir şarkıyı güzel bir romandan çok daha kısa bir sürede sindirip bıkabilirsiniz ve –sanırım biraz da şair Dylan ilgimi çekmediği için– ben Bob'dan, en azından benim ilgimi çeken yanlarından bıktım. Keşke böyle olmasaydı; bir Dylan şarkısında başka yerde kolay kolay bulamayacağınız bir yoğunluk ve ağırlık vardır. Ancak bu madeni dibine kadar tüketmekten (en azından benim için dibi olan yere kadar) ne kadar pişmansam bu şarkıların hiçbirini doğru yaşta, doğru zamanda dinlememiş olmaktan daha da müteessirim. "Like A Rolling Stone"u 1966'da, 19-20 yaşlarında dinlemek nasıl olurdu acaba? "White Riot" ve "Anarchy In The UK"i 1976'da, 19 yaşında dinlemiştim, ama bu şarkıların o gün sahip olduğu muazzam güç bugün neredeyse tamamen kaybolmuş durumda. Şaşkınlık genel olarak bu kadar gürültülü, hızlı ve kısa olmalarından kaynaklanıyordu ama şarkılar gittikçe daha gürültülü, hızlı ve kısa olmaya başladı; çeyrek yüzyıl sonra bu şarkıları dinlemek Jesse Owens'ın koşarken çelikmiş eski görüntülerini izlemek gibi. Koştuğu yarışları kazanmasını anlıyorsunuz ama bütün hız duygusu Maurice Greene tarafından silinip atılmış durumda. Yine de, "Like A Rolling Stone" hâlâ mükemmel. Sadece artık yeni bir şey değil. Viktorya döneminde Londra'da meydumlar seansları sırasında hayaletleri görmek için fosfor yakarlardı, sanırım bunun pop müzikteki karşılığı da single'ların B yüzlerindeki şarkılara, alternatif versiyonlara ve yayınlanmamış malzemelere olan düşkünlüğümüzdür. Eğer Dylan'ı ve The Beatles'ı yanılma payı olmadan kendi kendilerinin zirvesinde olduklarında -daha önce binlerce, milyonlarca kez duyduğumuzdan farklı olarak, yanılma payı olmadan gerçekten kendileri olduklarında- dinlediyseniz, o zaman bir anda, kısacık bir an ürpererek ruhlarıyla karşı karşıya kalırsınız; bizim gibi yanlış zamanda doğmuş olanların bu harika şarkıların, kendilerinin ya da onlara benzer herhangi bir şeyin hiç beklenmediği bir anda radyolardan yayılışına şahit olmanın nasıl bir duygu olduğunu anlamaya en yakın olduğumuz an da budur. "Can You Please Crawl Out Your Window?"un çok önemli bir Dylan şarkısı olmadığını kabul ediyorum, homurtulu (ve pek de şiirsel olmayan), nispeten kötü işlerinden biri ama benim en sevdiğim döneme (elektrik, canlı ve temiz klavye sesi) ait ve daha önce milyonlarca kez dinlemedim, bu yüzden son zamanlarda arabada dinlemek için hazırladığım karışık kasetlere sızmayı başarıyor. "Rain" de Beatles'ın kariyerindeki harika bir yıla ait harika bir şarkı; Oasis'in on yıldır içinde kalmaya uğraştığı yıla yani. Bütün özü emilip bitirilmemiş bir Lennon/McCartney şarkısı dinlemek çok güzel. Tabii ki sonunda bu şarkıların ikisinden de bıkacağım... gizemlerini ve sihirlerini sonsuza kadar koruyamıyorlar. Ama şimdilik idare ediyorum.

10 "You Had Time" - Ani diFranco

11 "I've Had It" - Aimee Mann

Müzik endüstrisi hakkında -yetenekli ama çaba göstermesi gereken bir şarkıcı-şarkı yazarı olmanın acıları ve güzellikleri ("I've Had It") ya da rock 'n' roll kariyeriyle bir ilişkiyi aynı anda yürütmenin zorlukları ("You Had Time") hakkındaki- kendi kendilerini açıklayan şarkıların boktan olacağını düşünebilirsiniz. Bu şarkıların buram buram bencillik kokacağını, hayal gücü, yaratıcılık ve empati yoksunluğunun belirtisi olacağını düşünebilirsiniz; DiFranco ve Mann'ın oda servisi, yemek kuyrukları ve yerel radyolardaki sunucuların embesilliği hakkında şarkılara giden yolun yarısını geçmiş olduklarını düşünebilirsiniz. Peki, bunlar nasıl pop albümlerinde karşımıza çıkabileck en etkileyici ve güzel iki şarkı olabiliyor?

"You Had Time" kendi önüne bir engel daha koyuyor: iki dakikadan uzun süren, belirgin biçimde umut dolu, arada bir akordu bozulan piyano dımbırtılarıyla başlıyor. Biliyorum, biliyorum, ne "Baby Let's Play House" ne de "(Hit Me) Baby One More Time" piyano dımbırtısıyla açılıyor, öyle olsa pek de hoş olmazdı zaten; pop'un böyle olmaması gerekiyor. Ama DiFranco'nun şarkısı tutkulu da değilse hiçbir şey değildir, çünkü yaptığı -en azından, yapıyormuş gibi göründüğü- kendi yaratılışını anlatmak: her matematik öğretmenini keyiflendirecek şeyi yapıyor, gidiş yolunu anlatıyor. Şarkı başladığında dımbırtılar duygusal bir sanat filminin müziği gibi izlenimci bir hava yaratıyor. Mesela *Don't Look Now* [*Büyü*] gibi bir filmin; çünkü piyano hüzünlü, kilise müziğivari bir tonda çalınıyor: Donald Sutherland ve Julie Christie'nin Venedik'te, soğuk bir havada, kasvetli ve üzgün dolaştıklarını gözünüzde canlandırabiliyorsunuz. Ama DiFranco şarkının omurgasını oluşturan muhteşem gitar melodisini çalmaya başladığında şarkı bir anda neşeleniyor. Daha tam olmamış, sol elini nereye koyacağını bilemiyor, biraz daha oyalanıyor; sonra, sihir gibi bir şey oluyor (ama biz tabii ki bunun çok çalışmanın ve yeteneğin sihri olduğunu biliyoruz), DiFranco bir kontrpuan oluşturuyor ve sonuca varıyor. Hatta şarkının doğuşunu piyanoyu kenara itip doğru düzgün, akustik gitarla çalarak kutluyor... iki enstrüman kayıtta önceden tasarlanmış, umulmadık bir uyumla bir araya geliyor; sanki DiFranco bunu yaratıcı sürecin kendisi olarak değil, yaratıcı süreç için bir mecaz olarak görmemizi istiyor gibi. Bu çok hoş bir fikir, bir hayranın müziğin nasıl yaratıldığı konusunda kurduğu hayal; sadece bir yanım şarkıların tam da böyle ortaya çıktığına inandığı için müzisyen olmak isterdim, tıpkı yazar olmayan bazı insanların bizim tamamen ilham perisine bağımlı olduğumuza inandıkları gibi.

Neyse ki şarkının kendisi bir hayal kırıklığı yaratmıyor: "You Had Time" belki de bildiğim en kibar, en yüce gönüllü ayrılık şarkısı. (Girişinin yeteneksiz bir müzikseverin müzikal yaratıcılık konusundaki hayali olduğu gibi, bu yüce gönüllülük de liberal bir heteroseksüelin eşcinsel kadınların ilişkileri kötüye gittiğinde bile birbirlerine karşı ne kadar nazik oldukları konusundaki yanılgısıdır. Heteroseksüel erkekler umursamıyor numarası yapıp içten içe intikam planları hazırlar, heteroseksüel kadınlar pahalı pantolonların ağlarını paramparça ederken eşcinsel kadınlar birbirlerine sarılıp ağlayarak sonsuza kadar arkadaş kalma yeminleri ederler. Bunlar aslında hakaretamiz saçmalıklar –maalesef buna verilebilecek tek aklı başında cevap eşcinsel kadınların da diğer herkes kadar şiddete yatkın, kötü, numaracı, yargılayıcı ve düşüncesiz olduklarını kabul etmektir– ama "You Had Time" o kadar yumuşak bir şarkı ki, insanı bu utanç verici genellemeleri yapmaya zorluyor.) "You Had Time"ı bu kadar güçlü kılan özelliklerinden biri de ayrılık şarkılarının çoğu acı hakkındayken bunun kararsızlık ve hareketsizlik üzerine olması. Anlatıcı bir turneden yeni dönmüştür; parmakları da sesi de çok yorgundur, demek ki bir gitarist ve şarkıcıdır (bizi affet Ani, kurguyu ve otobiyografiyi karıştırıyor olabiliriz). Anlatıcının uzaktayken ilişkileri konusunda bir karara varmış olması gerektiği ortaya çıkıyor; şarkının adının da [Zamanın Vardı] sevgilisinin bu eskimiş bahanelere yapıştırdığı beklenen ve haklı cevap olduğu anlaşılıyor. Neyse, işte bu kadar zamanı vardı ve hâlâ kararını vermemiş... Ama aslında şarkı gerçekte karar vermiş olduğunu anlatmayı başarıyor: bittiğini biliyor. Çok güzel ve çok hüzünlü iki dizede anlatıcı basitçe şöyle diyor: "Sen porselen dükkânısın ben bir filim / Sen yemeklerin en güzelisin ben aç değilim"... Yüce gönüllülük derken ne demek istediğimi anlıyor musunuz? Kaçımız terk edilirken bunları duysak kendimizi birazcık daha iyi hissetmezdik? Ama şarkı rüya gibi sona eriyor, hiçbir şey, en azından dışarıdan görüldüğü kadarıyla, çözüme kavuşmuyor ve ben DiFranco'nun bundan sonra böyle insanın içine işleyecek kadar güzel, böyle etkileyici bir şarkı yazabileceğinden şüpheliyim.

Mann'ın şarkısı doğrudan iş hakkında ve detaylardan anladığım kadarıyla açıkça otobiyografik, hak ettiğinden daha fazla uyum taşıyana kadar üzerinde çalışılmış ve zenginleştirilmiş bir anı müsveddesi. Mann ve grubu New York'ta hiçbirinin pek beklentisi olmadığı anlaşılan bir konser vermek için farklı yerlerden gelerek toplanıyorlar, ama sonra "tuhaf bir şeyler oluyor": grup bir ilerleme kaydetmiyor gibi görünüyor ama o gece açıkça bir müzikal mucize yaşanıyor. Yine de bu mutlu bir şarkı değil. Mann mucizeyi bir kurtarıcı gibi değil, ironik (en iyi günümüz bu mu?) olarak görmeyi tercih ediyor; böylece "I've Had It" olumsuz müzik endüstrisi deneyimlerinin umuda karşı kazandığı zaferin şarkısı oluyor.

"I've Had It"i çok dinledim; sözlerdeki hafif kendine acıma duygusunu son derece rahatlatıcı bulduğum zamanlar oldu. (Kendine acımak aşağılık bir duygu ama hepimiz bunu hissediyoruz, bunun sanatsal bir kusura işaret ettiğini söyleyen geleneksel eleştiriler de şüphe götürür; duygusal doğruculuğun bir biçimidir.) Yine de şarkının nefes kesici melodik gücü konusunda ufak bir sorun var. Mesele şu: müzik mi sözlerden çıkar, sözler mi müzikten? Çünkü eğer önce müzik ortaya çıktıysa, insan Mann'ın neden bu kadar duru bir müziğe, müzik dünyasında yaşadığı sorunların eşlik etmesinin uygun olacağını düşündüğünü merak ediyor. Ona bu kadar anlamlı gelen bir ayrılığı olmamış mıydı hiç? Anne babası? Bir çocukluk anısı? (Bu arada "Ghost World" şarkısı Mann'ın ne kadar iyi bir yazar olduğunu gösteren şu dizeleri içerir: "Tanıdığım herkes çok tuhaf ya da çok havalı / Havuzun başında takılıyorlar / Ben de hep okuyorum, bisikletimle okulun etrafında dönüyorum." Bu birkaç kelime, ancak yakın zamanda piyasaya çıkmış yarı-otobiyografik, ama son derece duyarlı 700 kadar ilk romanın yapabildiği şeyi yapıyor.) Eğer önce sözler ortaya çıktıysa, o zaman böyle bir müziğin oluşması için gereken ilhamı Mann'a sadece kariyerinin sağlayabileceğini mi düşünmeliyiz? Her iki ihtimal de beni biraz rahatsız ediyor ve bu şarkıya olan sevgimin güvenilir olup olmadığını sorgulamama neden oluyor. Bu pop müzikte sık sık olan bir şey –pek çok insan güzel bir melodi buluyor sonra da onu uçan kartallar ve biten sevdalarla ilgili uyduruk, kullanılmış birkaç dizeden başka bir şeyle süsleyemiyorlar– ama burada insanı asıl çarpan Mann'ın melodi yazma konusundaki yeteneğini dizginleyip kontrol altına almaktaki başarısızlığı. Bu da herhalde mesleğin cilvesi. Walter Payne bana bir şey ifade eden az sayıdaki eleştiri yazısından birinde "Bütün sanatlar müziğe özenir," demişti (eğer beste yapabiliyor olsaydım kitaplarla hiç uğraşmazdım); müzik çok saf bir kendini ifade etme yolu, sözler de, kelimelerden meydana geldikleri için, hiç o kadar saf değiller ve Mann gibi muhteşem şarkı yazarları bile, ne kadar ikisini de üretebiliyor olsalar da, kelimelerin insanı her zaman yarı yolda bıraktığını bilir. Sanatının bir yarısı diğer yarısına özeniyor; kendini aynı zamanda hem tanrısal bir yaratıcılığa sahip, hem de her an hata yapabilecek bir insan olarak görmek çok tuhaf olmalı. Belki de kötü bir gününde İsa'nın neler hissettiği konusunda ancak şarkı yazarlarının bir fikri olabilir.

Peki bir şarkı için uygun konu nedir? Şarkılarla kitaplar arasında çok fark var, ama şarkı yazarları da romancılar da bir şekilde kendinden fazlasını ifade edecek, göndermeler, ironiler, bir yapı ve zorluk içeren, hem güncel hem zamandan bağımsız ve pop müzik söz konusu olduğunda, yüzlerce kez çalındıktan ve muhtemelen birkaç margarin reklâmında kullanıldıktan sonra özünden bir şey kaybetmeyecek bir malzemenin peşindedir. Bazen şarkılar dinleyicilerin ve radyoların sürekli çalmalarına rağmen kendilerini koruyabilirler ama bu genellikle düşünülüp tasarlanabilecek bir şey değil, şans işidir. The Clash herhalde plak şirketlerinin onların izni olmadan bir single yayınlamasının üstüne yaptıkları "Complete Control"ün on yıllar sonra insanlara bir şey ifade edeceğini düşünmemişti (" 'Remote Control'ü yayınlayın' dediler"in bir şarkıda pek bir şey vaat etmeyen bir açılış cümlesi olduğu kesin) ama bu şarkının hâlâ saflık, alaycılık ve sanatçıların zayıflığı hakkında söyleyecek şeyleri var. "Nelson Mandela" bile, bu yüce insanın salıverilmiş olmasına rağmen kulağa aptalca gelmiyor; bir hayatı – büyük, önemli, güzel yaşanmış bir hayatı– anlatıyor, bu yüzden kolayca ve keyifle protesto ettiği şeyi aşıyor. Diğer taraftan, Nils Lofgren'in "Keith Don't Go" [Gitme Keith] adlı şarkısı 1977'de The Rolling Stones'un gitaristine uyuşturucu yüzünden tutuklanacağı için Toronto'ya gitmemesini söylüyor; o zamanlarda bile insanın uğruna çok fazla güç harcamak istemeyeceği bir sebep (yani Keith istemezse gitmeyebileceğinden falan değil tabii) ve bugüne kadar gizli kalmış derinliklerini ortaya çıkarmış bir şarkı da değil. Büyük Avustralyalı komedyen Norman Gunston, Liza Minelli'nin "I'm Liza with a Z" şarkısını söyler sonra başka insanların da bu şarkıyı yorumlamamasına ne kadar şaşırdığını itiraf ederdi... herhalde Nils de "Keith Don't Go" ona beklediği kadar telif geliri kazandırmadığı için aynı derecede şaşkındır.

Sonuçta en uzun süre ayakta kalanlar aşk hakkındaki şarkılar. İşle ilgili şarkılar iyidir. Nehirlerle, ebeveynlerle, yollarla ilgili şarkılar da. Çocuklarla ilgili iyi şarkılar şaşırtıcı derecede azdır (doğru, insanın başkalarının midesini bulandırmadan çocuğuyla ilgili duygularını yazabilmesi zor, ama bir gece kulübünün tuvaletinde karşılaştıkları aklı beş karış havada manken hakkında bu etkiyi yaratmadan çok düzgün, hatta kimi zaman muhteşem şarkılar yazmayı başaran şarkı yazarları var); hayvanlarla ilgili şarkılardan da kaçınmak en iyisidir. Uyuşturucular hakkındaki şarkılar -özellikle de kızlar hakkında gibi görünen ama "aslında" uyuşturucular hakkında olanlar- öğrenciliğiniz bittiyse ve gizli anlamı açıklayacağınız kimse yoksa eskisi kadar çekici gelmiyor. Esprili şarkılar yayınlanma süresi testini aslında hiç geçemezler. (Randy Newman'ın yaptığı işlerin çoğu çok zekice olsa da ben hâlâ bu konuda biraz kararsızım. Yobazlığı ya da Amerikan kongresinin kararlarının yanlılığını tiye alan bir şarkıyı kaç kere dinleyebilirsiniz ki? Randy Newman'ı sürekli dinlemek yılda iki kere *Gazap Üzümleri*'ni okumaya benziyor: 1930'ların Amerikasında yaşayan göçmen işçilerin yaşadıklarını ne kadar önemsiyor olursanız olun haliyle ruhunuzun ve zihinsel gücünüzün ancak sınırlı bir kısmını bu konuya adayabilirsiniz.) Ama gerçekten güzel olan şarkılar, yaşlılık ya da eski şarkıları çalan radyolar nedeniyle değerleri azalmayanlar yani, romantik duygularımızla ilgili olanlardır. Bunun sebebi de şarkı yazarlarının bu konuya bir katkısı olması falan değil; sadece aşk bütün inişleri, dönüşleri, batışları, çıkışları, kavgaları, kaprisleri ve hüzünleriyle müziğin doğal bir ikizidir. Karmaşık şeyler -Kanada'da çıkarılan tutuklama emirleri ya da homoseksüellerin reşit olma yaşları- hakkındaki şarkılar dikkati durumun yapaylığına çekiyor: Bu adam niye şarkı söylüyor? Bir gazetede yazsa ya da bir televizyon programına telefonla bağlansa daha iyi değil mi? Hem nasıl oluyor da bir mandolin solosu Eskimoların ahvalini anlatıyor, açıklığa kavuşturuyor? Ama aşk meseleleri konusunda yazmak alışılmış bir durum olduğu için dil de iğretiliğini kaybediyor, şeffaflaşıyor ve doğrudan sözlerin arkasındaki müziği görebiliyorsunuz. Aşk hakkındaki şarkı sözleri bir enstrümana dönüşüyor ve aşk şarkıları da saf şarkılar oluyor. Belki "You Had Time"ın farkını yaratan da budur: sonuçta ayrılıklarımız işimizden daha nağmeli.

12

"Born for Me" - Paul Westerberg

Aslında bu ciddi bir soru: gerçekten, nasıl oluyor da bir mandolin solosu Eskimoların ahvalini anlatıyor, açıklığa kavuşturuyor? Ya da herhangi bir solo nasıl oluyor da herhangi birilerinin, Eskimoların ya da sevgilisi en yakın arkadaşıyla kırıştıran bir gencin ahvalini anlatıyor? Gitarist, saksafoncu ya da kemancı öne çıkıp işini yapmaya başladığında sözler neden bir anda susuyor?

Ellilerin sonunda doğup yetmişlerin başında rock müziğe aşık olanlarımızın sololarla karmaşık bir ilişkisi vardır. Hyde Park'ta verdikleri bir konserde Grand Funk Railroad'ı dinlediğimi hatırlıyorum; şimdi geri dönüp bakınca yürek dağlayacak bir iyi niyetle yirmi dakika süren bir davul solosundan keyif almaya, soloyu beğenmeye ve anlamaya çalışmıştım. Birkaç yıl sonra, daha büyümüş, akıllanmış ve ergenliğin sonlarında, punk öncesi ve gösteriş karşıtı bir ruh haliyle Earl's Court'taki Led Zeppelin konserinde, John Paul Jones'un bitmez tükenmez klavye fantezisi sırasında kaçmış, yakındaki bir pub'a gidip bilardo oynayıp bira içmiş ve Jimmy Page'in keman arşesiyle yaptığı gösterinin sonuna yetişmiştim; "Moby Dick"i (Davullu Şarkı) tamamen kaçırmıştım böylece. Hiç pişman değilim. (Pişman olmamam bir yana, düşününce o gecenin bana hayattaki en değerli derslerden birini verdiğini görüyorum; genç nesillere verebileceğim az sayıdaki öğütten biri: DIŞARI ÇIKABİLİRSİNİZ! O pub'a girdiğimizde hissettiğim hınzırca özgürlük hissini hâlâ hatırlıyorum; o gece Zeppelin konserinden çıkmasaydım kimbilir ne zaman böyle bir imkânım olduğunu fark edecektim? Ah, biliyorum şaşkına döndükleri için çıkan insanlar vardı. Ama sadece birazcık canınız sıkıldığında çıkmanın hoşgörülebildiğini bilmiyordum. O geceden beri bu tatlı keyfi yüzlerce kez yaşadım: Filmlerin, konserlerin ve tabii ki oyunların ortasında çıktım. Eğer bir oyunda yanımda oturuyor olursanız ve kıpırdanmalarım sizi rahatsız ederse endişelenmeyin, aradan sonra geri dönmeyeceğim. Ayrıca şunu da söyleyeyim; saat onbirden önce hiçbir şey yiyemeyeceğinizi düşünürken dokuz buçukta yenen bir tabak makarnanın ve içilen bir kadeh şarabın tadına doyum olmaz. John Paul Jones'un ve klavyesinin kültürel hayatımı tamamen değiştirdiğini söylemek durumu abartmak olmaz.)

Artık kimse uzun sololan çalmıyor –en azından benim konserlerine gittiğim hiçkimse– yani "Solo" korkusu ortadan kalktı. (Bu arada, stüdyoda çalınmış sololardan bahsediyoruz, konserlerden değil, yani sololar neredeyse her zaman derli topludur ve bas ya da davul yerine hep ön plandaki bir enstrüman tarafından çalınır.) Hatta Grand Funk Railroad elemanları kendi yollarına gittiğinden beri (ama herkes gibi, onlar da şimdi neredeyse kesin olarak tekrar birleştiler) sololan sevmeyi öğrendim; hatta, hiçbir enstrümantal bölümü olmayan harika bir şarkı bulmak tabii ki mümkün ama harika bir enstrümantal bölümü olan harika bir şarkının olmayan harika bir şarkıdan daha üstün olduğunu iddia edebilirim.

İki tür harika solo vardır. İlki ve daha yaygın olanı çok yetenekli (ya da bir an ilham gelen) müzisyenin öne çıkıp kendisine verilen ölçüleri yaratıcılığıyla –hatta eğer şanslı gününüzdeyseniz, heyecan verici bir biçimde– doldurur, ama bu solonun her zaman duruma uygun olduğu söylenemez. Örneğin, Steely Dan'in "Kid Charlemagne" şarkısının sonunda o kadar sıradışı ve usta işi, coşkulu bir solo vardır ki, insan bunun nereden çıktığını, şarkının sözlerindeki yavan ironiyle ne alakası olduğunu merak etmeden duramaz; "Kid Charlemagne" 60'ların ölümünü kendince esprili, dokunaklı bir hikâyeyle anlatır, ama sondaki solo katıksız, sınırsız neşenin sesidir; gitar şarkının omuzlarına zıplar, oradan kendini bulutlara doğru fırlatır ve şarkı sona ererken bilirsiniz ki bulutlara varacaktır. Katıksız neşenin "Kid Charlemagne" ve 60'ların ölümüyle ne alakası olduğu muallaktadır, bu parça ile sonraki arasındaki sessizlikte elinizde kalan, lezzetli bir tarifi tamamen ve maalesef bastıran tek bir muhteşem tadı andıran gitardır. Neşe hiçbir zaman kötü karşılanan bir misafir değildir, ama bazı şarkılar onu daha büyük bir mutlulukla kabul eder: Springsteen'in (*Tracks* albümünden) "Thundercrack"teki gitar solosu bilerek akortsuz olarak çalınan bir cayırtıdan kendinden geçmiş bir halde ortaya çıkar, ve Springsteen her ne kadar dünyadaki en akıllı gitarist olmasa da (bu şarkı da gerçek bir şarkı sayılmaz, sadece bir konseri bitirmek için başvurduğu gürültülü bir yol), böyle *Batı Yakasının Hikâyesi* tadında, gücünü sokaktan alan bu coşkuyu gözü kapalı yaşatabiliyor ve bunu dinlemek beni her zaman mutlu ediyor.

Ama benim en sevdiğim sololar, çalanın şarkıyı, sözleri, müziği, her şeyi hissettiğini, şarkıyı hissettiğini ve bütün varlığını algıladığını bir şekilde gösteren sololardır; böylece solo, şarkının yaratıcı bir yeniden yorumu olmakla kalmaz, şarkının anlamına ve özüne katkıda bulunur, onları dile getirir – tıpkı zekâ dolu, uygulamalı bir eleştiri gibi. Tabii ki soloların yapması gereken de budur, ama çoğu solo en iyi ihtimalle melodinin yaratıcı bir yorumudur; pek azı şarkıyı yazan kişinin ruhuyla ilişki kurmak istiyormuş gibi görünür. David Lindley, ilk Jackson Browne albümlerinde bunu muhteşem bir şekilde yapmıştı; Clapton eroine bağımlı olduğu, büyük acılar çektiği dönemde –sanatla ilgili bu iki efsaneye de prim vermek istemeyenlerimiz için büyük bir darbe– *Layla*'da bunu defalarca gerçekleştirmişti. "Nobody Knows You When You're Down & Out"taki, sanki şarkının –gitaristin değil, şarkının– ortasından durmadan akıyormuş gibi gelen, derinden hissedilerek, süslemeden çalınmış solo beyaz blues-rock müziğinde en sevdiğim andır. Clarence Clemons en sevdiğim solocu değil –aynı soloyu çok fazla dinledik– ama eğer ben Bruce olsaydım Clemons'ın "Lovers In The Cold"da (Born To Run için kaydedilmiş bir şarkı; İnternette bulabilirsiniz) yaptıklarını duyduğumda gözyaşlarıma hakim olamazdım; birinin beni gerçekten, çok iyi anladığını, her bir çıkışın ve patlamanın şarkının ve yaratıcısının ruhuna olan bağlılığın ifadesi olduğunu hissederdim. Mary Margaret O'Hara'nın sıra dışı "Body's In Trouble" şarkısındaki histerik keman solosu, 19. yüzyılda İngiliz hanımlarının Floransa'da başlarına gelmesi gereken bayılma nöbetlerinin bir benzerini yaşamak üzereymiş gibi hıçkırıklar ve baygınlıklar içerisindedir: sıradan bir pop-folk albümünde çok fazla estetik coşku atağıyla karşılaşamazsınız ama bu neredeyse şarkıyı ele geçirmiş.

Bu sololarda en sevdiğim şey beklenmedik yerlerde ortaya çıkabilmeleri ve öyle çok güzel çalınmış olmak zorunda olmamaları. Herkesin gözde her-an-yırtabilecek-yarışmacı'sı Paul Westerberg piyanist falan değil, ama "Born For Me"de çaldığı solo -belki de şarkıyı yazıp söyleyen olduğu, kendisine hissettirdiklerini, dolayısıyla bize hissettirmesi gerekenleri bildiği için– çok güzel. "Born For Me" yapayalnız, kaybeden birini anlatan Waits'vari sözleri ve çok etkileyici, hüzünlü bir müziği olan düzensiz bir balad; solo sadece üç parmakla çalınıyor ve en azından başında sadece üç notadan oluşuyor ama ben harika olduğunu düşünüyorum – acemice, "sen de çalabilirsin" şeklinde değil (aslında bir kere duyduktan sonra, çalabilirsiniz), tuhaf, çarpıcı bir müzikaliteyle. Daha iyi bir piyanist bu anı mahvedebilirdi, boşlukları doldururdu, şarkının doğru dinleyici üzerinde yarattığı büyüyü anlamayabilirdi; pek yeteneği olmayan, kulağı olmayan biri gidip yanlış üç notayı seçerdi. En basit, en kaba fırça darbelerinin gerçek bir sanatçıya ait olduğunu nasıl anlıyorsanız, ben de bu soloyu doğuştan müzisyen olan biri tarafından çalındığını düşünmeden dinleyemiyorum; bir virtüoz, hatta hayatını bir otel lobisinde piyano çalarak kazanabilecek bir adam değil, sadece müzikle düşünen, hisseden, seven ve konuşan bir adam tarafından.

13 "Frankie Teardrop" - Suicide

14 "Ain't That Enough" - Teenage Fanclub

Suicide'ın "Frankie Teardrop"ı on buçuk dakika süren ve gerçekten insanı dehşete düşüren endüstriyel gürültüden oluşuyor; *Eraserhead*'ın [Silgikafa] işitsel dengi denebilir. David Lynch'in filmi gibi, bu da insanın kanını donduran çığlıklar ve metalik seslerle dolu dondurucu, umutsuz, monokrom bir distopya; yine de hatırladığım kadarıyla film arada bir insana soluklanma fırsatı veriyordu, ender görülen tuhaf ve sakat bir umut duygusu taşıyan anlar vardı ama "Frankie Teardrop"da bunların hiçbir yok. Hikâyenin eğlenceli, sansürden geçmiş hali şöyle: Frankie iki işte çalışır, ama yine de iki yakasını bir araya getiremez, bu yüzden bir gece çaresizlik içinde evine gider, karısını ve çocuklarını öldürür, kendisini vurur ve cehenneme gider. Tahmin edeceğiniz gibi, on dakikanın kolayca geçip gidiverdiğini söylersem yalan olur. Eğer daha önce dinlemediseniz ve hâlâ dinlemek istiyorsanız bir akşamınızı buna ayırın, odada yalnız olmadığınızdan emin olun (bu arada, şarkıyı kulaklıkla dinlemek çok büyük bir ihtimalle hastaneye gitmenize neden olacaktır) ve ertesi gün için işten izin alın. Diğer yandan, Teenage Fanclub'ın "Ain't That Enough" şarkısı üç dakika süren, Byrds'ü andıran, güneşle, insanı yakalayan anlarla, ahenkle ve iyilikle dolu bir pop şarkısı. Teenage Fanclub'ın şarkısını daha çok seviyorum.

Eh, tabii ki onu daha çok severim. Daha sevilesi bir şarkı. Bir melodisi falan var, ben de genel olarak melodisi olan şarkıları tercih ediyorum. "Frankie Teardrop" her açıdan çok sıra dışı bir eser, ama benim artık ona ihtiyacım yok; daha önce, yirmili yaşlarımda, hayatım şimdikinden çok farklıyken bir kere dinlemiştim, ama herhalde en azından bir onbeş yıldır hiç çalmamışımdır ve bir daha çalacağımı da sanmıyorum. (Bu yazıyı yazmak için bile dinlemedim, ihtiyaç duymadım. Emin olun hatırası hâlâ canlı.) Artık sanatın beni dehşete düşürmesini istemiyorum.

Sadece "sivri" ya da "korkutucu" ya da "tehlikeli" sanat eserlerinin değerli görülmesi tuhaf bir eleştirmen hastalığıdır. Bugünkü gazetede filmci Todd Solondz'la yapılmış bir röportaj var. Solondz'un filmi *Happiness* [*Mutluluk*] pedofili hakkında ve gazetede yazdığına göre "Amerikan orta sınıfının iki yüzlülüğüne yaralı bir bakış" – ne yazık ki filmi izlerken benim kaçırdığım bir bakış bu. British Sea Power diye bir grubun röportajı var; onlar da "sadece şarkı yazıp söylemekten başka yapacak bir sürü şey var" diyorlar ve fotoğrafları çekilirken objektife psikopat gibi bakıyorlar. Karındeşen Jack'i anlatan *From Hell* [*Cehennemden Gelen*] filmiyle ilgili bir yazının başlığı da "Tehlike: kötülük iş başında". Bubba Spraxxx adındaki rapçi de bir gazeteci tarafından sıkıştırılıyor çünkü "kırsal kökeniniz hakkında konuşmak pek de sivri sayılmaz, değil mi?" (Eh, sayılmaz. Ama bence bu pek çok sohbet konusunda bulunan bir kusur, tabii eğer bu konuda dillere destan bir takıntınız yoksa, veya her yemeğe çıkışınızda Naziler ya da vahşi terör eylemleri hakkında şairane söylevler vermiyorsanız. Genellikle konuşmak yapılabilecek en tehlikesiz şeylerden biridir.)

Sanırım eleştirmenlerin sivrilikle ve tehlikeyle bu kadar ilgili olmalarının iki nedeni var. Birincisi, eleştirmenler, çoğu sıkıcı ve birbirinden farksız olan bir sürü kitap okumak, bir sürü film seyretmek, bir sürü müzik dinlemek zorunda, bu yüzden içinde testere olan bir albüm yapan ya da oniki saat boyunca olayları tersten anlatan bir film yapan birisi hemen ve anlaşılabilir bir biçimde, övülüyor (pek çok koşulda, okudukları gazetenin sanat sayfalarının heyecanını paylaşmaya kalkan bezgin okurların çabucak fark ettikleri gibi, bu övgü gereğinden fazla oluyor). İkincisi de eleştirmenliğin -özellikle müzik eleştirmenliğinin- genç işi olması; gençlerin genel olarak çok fazla hayat tecrübesi yoktur. Çok uzun zamandır yaşamıyor olmalarının yanında (ki bu yüzden ağır uyuşturucular kullanıyor gibi görünen biri karşısında çok heyecanlanırlar – ağır uyuşturucuların kullanımı rock eleştirmenleri tarafından genellikle değerli bir hayat tecrübesi olarak yanlış yorumlanır) herhalde yapılabilecek en güvenli işlerden birini yapıyorlar. Gerçekten de e-postayla gönderecekleri eleştirilerini yazmadan önce evlerindeki müzik setinde dinleyecekleri CD'ler çoğuna postayla gönderilir, böylece bir otobüsün altında kalma riskini bile yaşamazlar. Bu koşullar altında, onları birazcık heyecanlandırmaya çalışan bir sanatçıdan kim çok etkilenmez ki?

Bana gelince, benim hayatın ne kadar korkutucu olduğu konusunda ikna edilmeye ihtiyacım yok. 44 yaşındayım ve hayat bugüne kadar benim için yeteri kadar korkutucu bir hal aldı zaten – rahatımı bozacak bir şey istemiyorum. Arkadaşlarım geride sevdiklerini, hatta küçük çocuklarını bırakarak amansız hastalıklardan öldü. Oğlumun ciddi bir sakatlığı var ve geleceğinin nasıl olacağı konusunda hiçbir fikrim yok. Tabii bir delinin evime, ya da bir nükleer reaktöre uçakla dalması, su rezervlerimize veya metroya böbreklerimiz büzüşürken vücutlarımızın kömürleşmesine neden olacak bir şeyler serpiştirmesi ihtimali her zaman mevcut. O yüzden izin verin de rahatlığı ve güveni bulduğum yerde kalayım; lütfen şimdi "Frankie Teardrop"u dinlemek istemediğim için beni affedin.

Suicide'ın ilk albümü tekrar yayınlandığında heyecanlı bir yazar "Bunca yıl sonra, Suicide hâlâ kafaya sıkılan bir kurşun gibi" demişti; birkaç onyıl önce bu benim albümü almak istemem için yeterli bir neden olurdu. ("Kafaya sıkılan bir kurşun! Vay! The Clash bile sadece bir tekmeydi!") Ama şimdi, kafama bir kurşun sıkılmasını istemediğim sonucuna vardım, bu yüzden o deneyimi bana yeniden yaşatmaya niyetlenen bütün sanat eserlerinden uzak duracağım. Bu tehlike tutkusu özellikle modern zamanlara ait bir hadise. Sonuç olarak bu durumun barış, refah ve fazla eğitimden kaynaklandığı sonucuna varmamak imkânsız. İnsan merak ediyor, acaba bu eleştirmen Somme'den* dönen birine de bir müzik parçasının "kafaya sıkılan bir kurşun" gibi olduğunu söyler miydi? Eğer söylerse de adamın hemen en yakın müzik mağazasına hücum edeceğini gerçekten düşünür müydü?

Arada bir, hatta belki sık sık, kitapların bizi bunaltması, filmlerin zorlaması, resimlerin şaşırtması, hatta müziğin rahatsız etmesi önemlidir. Ama bunların hepsini aynı anda mı yapmaları gerekiyor? Bizi teselli etmelerine, mutlu etmelerine, etkilemelerine, neşelendirmelerine, bize ilham vermelerine izin veremez miyiz? Lütfen? Sadece arada bir, gerçekten boktan bir gün geçirdiğimizde? Kaçıp gidecek bir yerlere artık her zamankinden çok ihtiyacım var ve ben "Ain't That Enough" gibi şarkılara gidiyorum. Suicide *magnum opus*'larının sonunu "Hepimiz birer Frankie'yiz" diye bağlamıştı ama gerçekten bunu söylemek istemiyorlardı herhalde, yani eğer göründüklerinden daha boş kafalı değillerse. (Mecazi olarak bile, nasıl oldu da ailelerimizi öldürüp sonra silahı kendimize çevirdik ki?) Ayrıca, eğer hepimiz Frankie'yse, ne dinlemeyi tercih ederiz? Zavallı, dayanılmaz varlığımızın insanın kanını donduran yansımalarını mı yoksa kısa olsa da çok değerli geçici bir rahatlık sunan bir şeyleri mi? Şok-sanatın olumsuz yanı da bu işte: demokratik geçiniyor ama sadece gücü yetenlere. Bazılarımızsa, yaşlandıkça artık boşa harcayacak daha fazla cesaretimiz olmadığını fark ediyoruz. Sizin varsa, size iyi şanslar dilerim çünkü bu hayatın size getireceği neredeyse her şeyden kaçmayı başarmışsınız demek, ama beni ahlaki ya da entelektüel olarak sizden daha aşağıda göstermeye de çalışmayın.

* Fransa'nın kuzeyinde bir bölge. İngilizlerin I. Dünya Savaşı'nda en çok kayıp verdiği cephe. (ç.n.)

15

"First I Look At The Purse" - the J. Geils Band

ABD'ye çok küçükken aşık oldum; yedi ya da sekiz yaşındaydım. Okuduğum okulda Amerikalı bir çocuk vardı, bizim hiç görmediğimiz oyuncaklara sahip olmasının yanında (Tanrı aşkına, çocuk kendi oyuncak askerlerini yapabiliyordu ve plastik roket fırlatıcısıyla neredeyse Satürn'ü bile vurabilirdi) göz kapaklarına sertçe bastırarak gözlerini ters yönde çevirebiliyordu. Artık Britanya medyasında ABD için farklı yorumlar yapılıyor ve bu iki nedenin karanlık bir önem taşıdığını düşünecek pek çok kişi var: tabii ki, diyeceklerdir, eğer ucubeleri allayıp pullayacaksanız ve silahlara tapacaksanız, Amerika'nın sizi büyülemesi çok doğal, ama ben arkadaşımın oyuncaklarının da yeteneklerinin de herhangi bir kötülüğü olduğunu düşünmüyordum. Hepsi üstün Amerikan teknolojisiyle (gözler) ve üstün Amerikan eğlencesiyle (roket fırlatıcısı) ilgiliydi ve ben ilgiyi hak eden her şeyin iyisinin Atlas Okyanusu'nun karşı tafında olduğuna dair sabit bir fikre kapılmıştım.

Amerika'ya ilk defa 1970'lerin ortalarında babam ve ailesi Wilton, Connecticut'a taşdığında gittim. Onaltı yaşındaydım ve şimdi dönüp bakınca New York'takilerdense komünist Polonya'daki ortama ve güzelliklere sahip olmaya çalışıyormuş gibi görünen bir ülkede yaşıyordum. Bir dizi grevden sonra bir dizi elektrik kesintisi olmuştu, yani pek çok akşam mum ışığında sandviç yiyip kitap okuyarak geçiyordu. Üç televizyon kanalımız vardı ama zaten gündüzleri, nadiren yayınlanan matematikle ya da somonların hayatıyla ilgili eğitici programlar dışında yayın yapılmazdı. Mutfağımız kötülüğüyle ünlüydü (abur cuburlarımız bile kötü abur cuburlardı) ve akşam 11'den sonra açık bir yer bulunmazdı. Dükkânlar pazar günleri kapalı olurdu. Amerikan filmlerinin Britanya'daki sinemalara gelebilmesi için altı ayla bir yıl arasında bir süre beklememiz gerekirdi; bizim bir sinema endüstrimiz olduğu söylenemezdi. Haftada üç gün çalışıyorduk. Savaş biteli otuz yıldan fazla olmuştu ama hâlâ geceleri metro istasyonunda uyumaya başlamayışımızı açıklayacak bir neden yoktu – en azından böylece umutla bekleyecek bir şeylerimiz olurdu.

İşte bu koşullar altında ben kalkıp bir uçağa bindim ve New York'a gittim. O ilk gezide tek yapmak istediğim gündüz televizyon seyretmek ve dükkânlara gitmekti, ve bu bariz uyuzluğum babamı deli etmişti: o beni gezdirmek, etrafı göstemek istiyordu ama yıllardır yurt dışında yaşıyordu ve memleketinin ne kadar keyifsiz bir yer olduğunu unuttuğunu düşünüyordum; İngiltere'de yaşadığı son dönemde ülke, Roger Miller'ın ölümsüz şarkısında* söylediği gibi, bir sarkaç gibi raks ediyordu ama şimdi o sarkaç ani ve üzücü bir biçimde durmuştu. Sanırım Amerika'ya ilk defa 1970'lerin ortalarında giden onaltı yaşındaki her İngiliz genci bütün ziyaretlerini *Green Acres*'ın gündüzleri yayınlanan tekrarlarını seyrederek ve egzotik kahvaltılık gevrekler yiyerek geçirmiştir; daha fazlasına cesaret etmek aşırı uyarıdan ani bir ölüme neden olurdu. Tabii ki hiçkimse Connecticut'ta aşırı uyarıdan ölmez. Ama yine de bu sakin eyalette yaşayanlar buranın o yıllarda bir İngiliz gencine ne heyecanlar sunduğunu bilseler şaşırırlardı. Çok güzel olan ama memlekettekilerden pek farklı olmayan sahilden ya da ağaçlardan bahsetmiyorum, Sam Goody's'den ve Kmart'tan** bahsediyorum; ikisini de her gün ziyaret ediyordum ve bana akla hayale gelmeyen, bitmez tükenmez zevkler sunuyorlardı.

İlk romanım *Ölümüne Sadakat*, rock 'n' roll tutkusu pek çok açıdan hayatını karmaşaya sürükleyen, güdük bırakan bir adam hak-

* "England Swings" (1966) (ç.n.)
** Sam Goody's ve Kmart: Büyük mağaza zincirleri (ç.n.)

kındaydı, sanırım bu kitapla ilgili ilk incelemelerimi (diğer bir deyişle, ciddi anlamda karmaşaya sürüklenmeyi ve güdük kalmayı) kitabı yazmaya başlamamdan yirmi yıl önce, o gezi sırasında yaptığımı söyleyebilirim. O zamanlar popüler müzik hakkında pek bir şey bilmiyordum, ama yaşadığım yerdeki plakçının sunduklarını çoktan elden geçirmiştim. Ancak babamın yaşadığı yerdeki Sam Goody's'deki albümlerin dörtte üçünü falan daha önce hiç görmemiştim, oradan ellerim kollarım inanılmaz fiyatlara satılan soul ve blues albümleriyle dolu çıkardım. (Sam Goody'nin 1,99 dolar değer biçtiği şeyler benim gözümde bundan çok daha değerliydi.)

Tabii sadece plakçılar değildi ilgimi çeken. Beni bodrum katlarında *bumper* bilardosu [Belçika bilardosu] masaları olan evlere götürdüler; memlekette *bumper* bilardo yoktu. Beni McDonalds'a götürdüler; memlekette ondan da yoktu. Ayrıca göllerimizin üzerinde ve içeçeklerimizin içinde buz yoktu, güzel pizzalar yoktu, arabalarımızda sekiz kanallı müzik sistemleri yoktu, arka bahçelerimizde yüzme havuzları, pastırmalar, on santim kalınlığında sandviçler, alışveriş merkezleri, birden fazla salonu olan sinemalar, *La-Z-Boy*'lar, spor stadyumlarımızda sosisli sandviçler yoktu. Ah, evet biliyorum ben rahat, orta sınıf Connecticut banliyölerine aşık olmuştum, ama milyonlarca Amerikalı fakirdi, çirkin, vahşi ve zor koşullar altında hayatta kalmaya çalışıyorlardı. Ama ben de rahat bir İngiliz banliyösünde yaşayan orta sınıf bir çocuktum ve oralar buraya hiç benzemiyordu. Dikkati çekebileceğimiz denk şeylerimiz de yoktu. İtalyanlar gibi harika makarnalarımız ve dondurmalarımız, İspanyollar gibi harika kumsallarımız ve futbolumuz yoktu; 1970'lerde Amerikalıların hayatını çekilir kılan her şeyden yoksun olarak bir Amerikan hayatı yaşamaya çalışıyorduk. Bizim tarihimiz vardı, görünüşe göre bu da kendimizi üstün hissetmemiz için yeterliydi. Eh, bende işe yaramıyordu ama. İngiltere'nin bütün mirasından –Stonehenge, Stratford, Wordsworth, Buckingham Sarayı, vs.– gündüzlerini televizyonda yarışma programı seyredebilmek için mutlulukla vazgeçmeye hazırdım.

Babamın arkadaşlarının benden büyük (herhalde yirmi, yirmi bir yaşlarındaydı), Danny adında bir oğulları vardı; uzun saçı ve bıyığıyla Billy Crudup'un *Almost Famous*'taki haline tıpatıp benziyordu. Danny müziği çok seviyordu; evlerine ilk gidişimde J. Geils Band'in konser albümü *Full House*'u dinliyordu. Daha önce J. Geils Band'i hiç duymamıştım, aslında daha önce böyle bir müziği hiç duymamıştım; o günlerde, "Centerfold" şarkısıyla büyük bir pop hiti yakalamadan önce, Stones'un 1965'te yaptığı gibi beyaz R&B müziği yapıyorlardı ama onlardan çok daha gürültülü, çok daha hızlılardı, çılgınca bir saygısızlıkları vardı ve arada korkutucu şekilde azıyorlardı. Konser albümünde grubun solisti Peter Wolf şarkı aralarında tuhaf, anlaşılmaz şeyler söyleyerek bağırıyordu: "Mikrofonda Bay Sihirli Kama!" "Bunun adı aslında 'Takma Dişlerini Çıkarsana Anne... Dişetlerini Emmmmmek İstiyorum'du." Bir de şöyle bir şeyler vardı: "yapacakmısınsınmısınyapacakmısınsınmısınyapacaksınsınmısınsınalacakmısınyapacak mısınbenimleyapacakmısınbebek?" Albümde ilk duyulan şey kalabalığın gürültüsü, ıslıklar, alkışlar ve çığlıklardan oluşan bir kütle, sonra da sunucunun bağırarak, hiç İngilizlere benzemeyen bir şekilde yaptığı anons: "Kopmaya hazır mısınız? Rock 'n' roll'a hazır mısınız dedim. J. Geils Band'i alkışlayalım!"

Sonra hemen (akort etmeler ya da "nasıl gidiyor?" falan diye mırıldanmalar olmadan) grup Smokey Robinson'ın The Contours adında bir Motown grubu için yazdığı "First I Look At The Purse"ü çalmaya başlıyor; eski Smokey Robinson şarkıları bile sanki paralel bir evrene aitmiş gibi geliyordu bana. Benim bildiklerim "Tracks Of My Tears" ve "Tears Of A Clown" gibi tatlı ve hüzünlüydü, ama bu şarkı çok açıkça edepsizdi – sözlerde verilen mesaj, bir kadının nasıl göründüğü ya da nasıl biri olduğuyla ilgilenen her erkeğin salak olduğuydu. "Ördek gibi yürüse de, peltek peltek konuşsa da umurumda değil / Dolarlar gıcırsa ben de iyi bir aşık olurum." Şarkı biterken grup gittikçe hızlanıyor, Wolf gittikçe daha hızlı söylemeye başlıyor ve sonunda her şey bulanık bir gürültüye dönüşüyor ve seyircilerden sanki Dünya Kupası finalinde galibiyeti getiren gol atılmış gibi bir kükreme yükseliyor. (Bu açılış şarkısı, gevşemek, ısınmak için olan. İkinci yüzün sonuna geldiğinde işler iyice çığırında çıkmaya başlamıştı.) O zamanlar benim için, Tamla Motown değil, bu Genç Amerika'nın Sesi'ydi* – gürültülü, şaşırtıcı, egzotik, havalı ve vahşi. *Seinfeld*'deki Kramer'la, "Surfin' Bird"le, "Papa-Oom-Mow-Mow"la, bir pelerine sarılmış halde sahneden indirildikten sonra mikrofona koşan James Brown'la, Muhammed Ali'nin böbürlenmeleriyle ve *Kaç Para?*'da bir yarışmacı çim biçme makinesi kazandığında yapılan çılgınca kutlamalarla aynı yerden geliyordu. Bizim yarışma programlarımıza kazananlar gülümserdi. O da bazen.

Altı yıl kadar sonra J. Geils Band'i canlı izledim, ama *Full House*'un kaydedildiği Detroit'te değil, Hammersmith'te. Yani ortam çılgın olmaktan çok ağırbaşlıydı ve yakında çok daha büyük başarılar kazanacak olmalarına rağmen tepeyi aşmışlardı. Benim onları izlediğim gece, 12 Mayıs 1979 gecesi, Bayan Thatcher'ın ilk kez başbakan seçildiği geceydi. Konserden sonra biz okula dönerken eski Britanya modern Britanya'ya dönüşüyordu: şu işe bakın ki, Amerika'nın McDonalds'ı ve alışveriş merkezleri olan, ama gürültüsü, çılgınlıkları ve gösterişinden uzak, asık suratlı, yıkık dökük bir versiyonu olacaktı. The Clash o sıralarda her akşam "I'm So Bored With The USA" [Amerika'dan çok sıkıldım] diyordu ve hepimiz onlara eşlik ediyorduk ama bu doğru değildi tabii. Biz sadece kendi saplantımızdan sıkılmıştık, bu da bambaşka bir meseleydi.

* The Sound of Young America: [Tamla] Motown şirketinin reklâm sloganı. (ç.n.)

16

"Smoke" - Ben Folds Five

Sıcak bir yaz akşamında, evimin arka bahçesinde Todd Rundgren dinleyerek mangalda tavuk yerken bir arkadaşım durup dururken pop müzik hakkında atıp tutmaya başladı. Anladığım kadarıyla şöyle bir şeyler iddia ediyordu: pop müzik boktandır, çünkü sözler boktandır, şarkı sözü değil acınacak ergen şiirleridir, eh, hepsi böyle boktan olduğuna göre insan bunlar yerine bir işe yarayan, böyle gösterişçi olmayan şeyler falan dinleyebilir... Bu yüzden o sadece house müzikle ilgileniyor. House müziğin sözlerle pek işi olmaz, amacı da bellidir, zilzurna sarhoş olduğunuzda sizi dans ettirmek.

Bence bu restoranların çoğu çok kötü olduğu için insanın işi yüzdeye vurması ve iyi restoranları bulmaya çalışmaktan vazgeçip her öğünü McDonalds'da yemesi gerektiğini söylemek gibi bir şey. Ancak şarkı sözlerinin mürekkep yalamış pop müzik dinleyicisinin yumuşak karnı olduğu doğrudur. Hepimizin utanç içinde bu deneyimi yaşamışızdır; annemiz ya da babamız odamıza girip inanamıyor gibi bir ifadeyle, alay ederek müzik setinden ya da televizyondan duydukları bir dizeyi tekar eder. Annem *Top of the Pops*'u seyrederken bana " 'Get it on / Bang a gong.' [Hadi vurdur / Gongu çaldır] Ne demek bu şimdi?" diye sormuştu. "Bunu bulmak ne kadar zamanını almıştır sence?" Doğru cevap –"İki saniye ve bunun hiç önemi yok"– sizi aşar, bu yüzden annenize çenesini kapatmasını söylersiniz ama içten içe Marc Bolan'dan becermek ve gongları gümbürdetmek hakkında şarkılar söylediği halde size kendisini sevdirdiği için nefret edersiniz. (Sanırım aşağılayan ebeveyn, T.Rex, Spandau Ballet ya da Sham 96 dinleyerek büyümüş olsa ve bu nedenle iddiasını edebi bir temele dayandırmaktan tamamen kaçınması gerekse bile, bu aşağılamalar devam ediyor. Sonuçta annem "How Much Is That Doggie In The Window" [Camda duran köpecik kaç para?] şarkısıyla dans etmiş –dans etmiş ve *oynaşmış*– bir neslin üyesi ama o bile "Get It On"u küçümseyebiliyorsa, o zaman küçümsemek herkesin kullanabileceği bir silah demektir. Yaşlandığımız, artık bize ihtiyaç duyulmayan ve kültürel anlamda kenarda kaldığımız bir zamanda çocuklarımızın zevkleriyle alay etmek hayatın bize sunduğu çok az zevkten biridir.) Yaptığım işe rağmen (ya da belki de bu yüzden) sevdiğim şarkıların sözlerine çok dikkat etmem. Neredeyse bütün sözleri "Seni seviyorum / gider gitmez beni ara"dan ibaret olan, Aretha Franklin'in "Call Me" şarkısı, bir şarkıda mükemmeliyete sözel bir amaç gütmeden ya da karmaşık olmadan ulaşılıp ulaşılamayacağı sorununa noktayı koyar. (Noktayı koyar diyorum ama tabii eğer biri mükemmel şarkının tanımı gereği sıradan bir telefon konuşması gibi görünen bir iki satırdan daha fazlasını sunması gerektiğini söylemezse. Evet, tamam, ama yine de "Call Me" harika bir şey olmaya kolayca açıklanamayacak kadar yakın duruyor.) Yarım yamalak duyulan sözler beni rahatsız etmiyor, yüzümü kızartmayacak her şeyi de kabul etmeye hazırım.

Ancak insan sevdiği sanatçıların edebiyat parçalamaları ya da bu konudaki yetersizlikleri konusunda ne kadar affedici olursa, şarkı yazmanın şiirden farklı bir sanat olduğunu unutmak da o kadar kolay oluyor. Bob Dylan ya da Celine Dion'un söylediği şarkıları yazan her kimse, o olmanız gerekmiyor (diğer bir deyişle, "hayaller", "kahraman", "hayatta kalmak" ya da "içimde/içinde" gibi kelimeleri, kalıpları kullanmak zorunda değilsiniz; sonuçta hayat yeni Ford reklâmı değil); eğer cesaretiniz varsa Cole Porter olmayı ve yapı, detay, zekâ ve gerçekleri kullanmayı deneyebilirsiniz. Bence Ben Folds, adam gibi bir şarkı yazarı ama muhtemelen rock müzik eleştirmenleri alt-Dylanvari bulanıklığı, sofistike sadeliğe tercih ettikleri için hak ettiği ilgiyi göremiyor: sözleri yazılı olduğunda çok iyi görünmeyebilir, ama hem farklı konularda yazıyor (ikinci albümünde sükunet maskesine bürünmüş duygusuzluk, istenmeyen bir misafir ve zorbalar tarafından hırpalanan inek bir öğrencinin çirkin zaferinin güzelliği hakkında şarkılar var), aşk ilişkilerindeki ayrıntıları eğlenceli bir dille anlatıyor (çok neşeli bir şarkı olan "Kate"te şöyle diyor: "O konuşunca sözler bir işe yaramıyor / Harika karışık kasetler hazırlıyor") ve espriler yapıyor – ama nakaratta değil, çünkü bir espriyi berbat etmenin en iyi yolunun onu üç dakika içinde yedi kere tekrar etmek olduğunu biliyor.

"Smoke" bir ilişkinin yavaş yavaş sona ermesi hakkında yapılmış, bildiğim en bilgece şakılardan biri. Pek çok kişi yeniden başlamak gibi netameli bir konunun dikenli yollarına girmeyi denedi (mesela aklıma hemen Mel & Tim'in "Starting All Over Again" [Yeniden Başlamak] şarkısı geliverdi) ve genellikle vardıkları sonuç bunun çok zor, ama gerçekleştirilebilir ve istenir bir şey olduğudur; Folds'un şarkısında insanın yüreğini acıtansa anlatıcının umutsuzluğunu da mutlu bir sonun imkânsızlığını da aktarabilmesidir. Ama anlatıcı mutlu bir sonun gerçekleşmeyeceğini bilmemektedir; sadece şarkıyı yazan, böylece müziğin ve avantajlı bir bakış açısının faydalarına sahip olan Folds bu ilişkinin bitmeye yazgılı olduğunu bilir.

"Smoke"taki temel düşünce, ilişkinin bir kitap olduğu ve anlatıcının inanmak istediği gibi mutsuz yakın geçmişin "yazdığımız her şey gerçekten yaşanmamış olana kadar" sayfa sayfa yakılarak yok edilebileceği. "İşte utançtan kararmış bir akşam" diyor. Vokalist "Ateşe at!" diye cevap veriyor. "İşte bütün suçun bende olduğu zaman. (Ateşe at!) İşte hiç konuşmadığımız zaman, sanki yıllarca..." Geçmişe sünger çekme, sevgilisiyle ilişkisi bozulmuş herkesin hayalidir ve buradaki metafor bir an için, bize bu durumda bunun mümkün olabileceğini düşündürecek kadar zekice ve sağlam; ama acılı bir vals olan müzik, başka bir şey anlatıyor. Anlatıcının sevgilisi de pek ikna olmuş gibi görünmüyor: "Geçmiş ölmedi deyip duruyorsun" diyor anlatıcı, "Eh, dumanın kokusunu almıyor musun?" Ama tabii ki, duman tam tersi anlam taşıyor: dumandan kaçışları yok, duman onları boğuyor. Anlatıcı üzgün bir biçimde, "Biz duman olduk... deyip duruyorsun" diye bitirirken, sonunda onun da inanmaya başladığını anlıyoruz; duman kokusunun umudu değil, tam tersini simgelediği ortaya çıkıyor.

Bence "Smoke", arkadaşımın hakkını teslim etmeyeceği bir biçimde mükemmel sözleri olan bir şarkı; zekice, hüzünlü ve derli toplu. Aynı zamanda aşkın öznesi ya da nesnesi değil, sürecin kendisi hakkında olan az sayıdaki şarkıdan biri. Evliliğim biterken (uzun, yorucu bir bitişti) bu şarkı bana arkadaşlık etmişti; o zaman anlamlı geliyordu, hâlâ da anlamlı geliyor. Bir şarkıdan bundan daha fazlasını da bekleyemezsiniz zaten.

Böyle bir işçiliğin fark edilmemiş olması mümkün çünkü "Smoke" "sadece" bir şarkı; "Yesterday"in ve "Something"in "sadece" birer şarkı olmadıkları gibi. Onları yazan genç adamlar da, farkında olsalar da olmasalar da, dünyayı değiştirmektelerdi (ya da –bir parantezde kabaca bütün eleştirilere cevap vermek adına– farkında olsalar da olmasalar da, dünyayı değiştirdikleri söylenmekteydi). Bu kaçınılmaz olarak, yeteneklerinin çok fazla dikkat çektiği anlamına geliyordu – ellerinde dünyayı değiştirmek için kullanılabileccek tek araç da görünüşe göre, bu yetenekti. Eğer şarkıcıysanız ve dünyayı değiştiriyorsanız insanlar haliyle söylediklerinizi çok dikkatli dinler; elinizde başka ne vardır ki? Sonuç olarak, bazı çok iyi, çok güzel, çok zekice yazılmış, harika düzenlenmiş ve kesinlikle unutulmayacak şarkılara neredeyse doğaüstü bir güç atfedilmiştir. İnsanlar tanrılaştırılınca böyle olur. 18. yüzyılda yaşamış Britanyalı akademisyen Edmond Malone, Shakespeare'in VI. Henry oyununun 1., 2 .ve 3. bölümlerinin üçte ikisini –6.033 dizenin 4.144'ünü– başka kaynaklardan "ödünç" aldığını hesaplamıştı. Her ne kadar VI. Henry, Shakespeare'in en önemli oyunlarından biri olmasa da, önemli olan bunların ortada, dünyada var olduğu ve Shakespeare'in olanları özümsediğidir. Tabii, dışarı çıkan çoğunlukla dahiceydi, ama bu hiç yoktan ortaya çıkan bir deha değildi; bir kaynağı vardı.

The Beatles'ın da bir kaynağı vardı, ama onlar kaynaklarını diğer her şeyle birlikte özümsemişlerdi: her şeyi elektrik süpürgesi gibi çekmişler ve altmışların kendisi olmuşlardı; o olağanüstü onyılda olan her şey artık bir biçimde onlara ait. Bu yüzden şarkıları tamamen kendilerine ait olmayan bin türlü sihirle donanmış durumda ve artık onları şarkı olarak göremiyoruz.

Ben Folds ne dünyayı değiştirdi ne de popüler müziği. (Hatta, bu yazıyı yazdığım sırada hayatını popüler müzikten kazanabilmek için çabalıyor olabilir, ama umarım öyle değildir.) Kimsenin müziği toplumsal değişime denk tutmadığı bir zamanda şarkı yazıyor; elektrik süpürgesi gibi çekecek bir kaynağı yok ve bu yazının yazıldığı sırada –ve kabul edelim, eğer bunu 1970'te okumuyorsanız, okunduğu sırada da– eskimiş, tükenmiş, bitmiş kabul edilen bir alanda (kabaca, pop/rock) çalışıyor. Yani onun şarkıları sadece şarkı. Hiçbir şeyi temsil etmiyorlar, bir şeyin parçası değiller ve sadece kültürel değer taşıyan işlerle ilgilenen bir endüstri ve eleştirel ortam içinde dikkat çekebilmek için savaşıyorlar.

İşte, eğer pop müzik varlığını sürdürecekse değişmesi gereken bu. Kültürümüzde edebiyat bir ayağını basacak sağlam bir yer bulmuş gibi görünüyor çünkü kitapların nevi şahsına münhasır olabileceklerini kabul etmeye hazırız: örneğin Zadie Smith'in *İnci Gibi Dişler* kitabı kendisinden başka hiçbir şeyi temsil etmiyor. Aslında yeni, genç, modaya uygun, çokkültürlü, vs. edebi devrimin ön saflarında değil, çok tanıdık bir anlatı geleneğine sıkı sıkıya bağlı. Ama bu kitabı daha az başarılı ya da daha az ilginç hale getirmiyor; hem eleştirmenler hem okurlar nezdinde de daha az sevilmesine neden olmadı. Ama bu bir albüm olsaydı, muhtemelen görmezden gelirdik; genel kanı böyle harika yazıları ve tutkulu anlatıları falan daha önce de duyduk, teşekkürler, biz yeni bir şeylerin çıkmasını bekliyoruz, olurdu.

Tıpkı roman gibi, pop müziğin de ideal biçimine ulaştığını (yani üç dört dakikalık, dörtlük/nakarat/dörtlük biçiminde şarkılar) iddia edenler var. Eğer durum buysa, o zaman iyiyi kötüden, basmakalıp olanı bir zekâ pırıltısı taşıyandan, taze kan taşıyanı bayattan ayırt etmemizi sağlayacak olan eleştirel dili de öğrenmemiz gerek; oturduğumuz yerden yeni punk akımının başlamasını beklersek, en iyi şarkı yazarlarımıza yaptıkları işin bir değeri olmadığını, kenarda kalacaklarını söylemeye başlarız. Yeni Lennon ve McCartney muhtemelen aramızda; sadece, onlar İsa'dan daha büyük olmayacak. "Norwegian Wood" ve "Hey Jude" kadar iyi şarkılar yazmakla yetinecekler; bu da bana yeter.

17

"A Minor Incident" - Badly Drawn Boy

2001'in sonunda, *About A Boy*'un [*Bir Erkek Hakkında*] filmi gösterime girmeden birkaç ay önce, samimi ve iyi niyetli bir tanıdığım "Film gösterime gireceği için heyecanlısındır herhalde" demişti. (Aslında kullandığı kelimeler bunlar değildi. Tam olarak şöyle söylemişti: "*Bir Erkek Hakkında* hakkında heyecanlısındır herhalde." Kelimeleri değiştirdim çünkü bir üslupçu olarak çift "hakkında"yı kullanmak istemedim. Bıktım. Genç yazarlara tavsiyem: bir eserin adını asla edatla bitirmeyin, acınası bir kekemeliğiniz varmış gibi görünmeden yaratımınız hakkında tek bir söz söyleyemediğinizi ya da yazamadığınızı göreceksiniz. "Benimle *Bir Erkek Hakkında* hakkında konuşmak istedi." "*Bir Erkek Hakkında* hakkında ne düşünüyorsun?" "*Bir Erkek Hakkında* hakkında şunu söylemek..." "*Bir Erkek Hakkında* hakkında heyecanlı mısın?" Böyle gider. Steinbeck ve yayıncıları da bundan bıkmış mıydı acaba? "*Fareler ve İnsanlar Üzerine* üzerine düşüncelerin neler?" "*Fareler ve İnsanlar Üzerine* üzerine bir yazı okudum." "*Fareler ve İnsanlar Üzerine* üzerine yapılmış bir çalışma"... Yine de, o zaman iyi bir fikir gibi gelmişti.)

Kibarca gülümsedim ama bu varsayım beni şaşırttı. Neden heyecanlanacaktım ki? Bu süreçte ilginç, hatta eğlenceli zamanlar olmuştu – kitabın haklarını akıl almaz bir paraya satmak mesela, ya da filmi yapacak olan insanlarla tanışmak, ortaya çıkan ürünü (ki çok sevdim) görmek. Ama bu sürecin herhangi bir aşamasında heyecan duyan bir yazara şüpheyle bakarım; zaman zaman çok tatsız

(*Bir Erkek Hakkında* daha çekimleri başlamadan önce bir yönetmenin başını yedi, bir başka yapımcı firma tarafından çöpe atıldı) ve inanılmaz derecede uzun olabilen bir süreç bu; hatta bir filmin gösterime girmesinin öncesi, gösterime girmesi ve sonrası kesinlikle tam anlamıyla sıkıcı bir dönem denebilir. Hakkınızda yeniden eleştiriler yazılır, arkadaşlarınızın yarısının kitabı okumadığını fark edersiniz, insanların filmde en çok beğendiği yerlerin sizinle hiçbir alakası yoktur.

Ama filmin müziklerini ilk duyduğum an kelimenin tam anlamıyla, ürpertici bir biçimde heyecan vericiydi. İnsanın kelimelerinin Hollywood'dan gelen paraya dönüştüğünü görmesi her anlamada tatmin edici bir duygu, ama bu kelimelerin müziğe dönüştüğünü duymakla kıyaslanamaz bile: şarkı yazamadığı için kitap yazmak zorunda kalan bir adam için kitabın bir biçimde ortaya bir şarkı çıkarabilmesi insanı utandıracak kadar heyecan verici.

Pek çok kişi gibi, ben de 2000 yılının büyük bir kısmını Badly Drawn Boy'un *The Hour of the Bewilderbeast* albümünü dinleyerek ve severek geçirdim. Son yıllarda zaman ayırdığım çok az İngiliz albümünden biriydi; düşünceli, (sanatçının adının müziğinin dökülmekte olduğunun göstergesi olduğuna dair taşıdığım, beni bir süre onu dinlemekten alıkoyan önyargılarıma rağmen) saçmalamadan farklı olabiliyor, melodik, benim sevdiğim folk'tan ve rock'tan (Damon Gough, Springsteen'in ilk dönemlerini çok seviyor) kararında ve akıllıca etkileniyor, gösteriş yapmıyor, İbiza'daki kulüplere takılanlara ya da alkolün dibine vurmuş futbol holiganlarına bir faydası olmayacak kadar İngilizlikten uzak ve ruhu var. Ayrıca kısa orkestrasyonlarıyla (altmışlarda çekilmiş kibar bir komedi filminde tuhaf kaçmayacak, nefeslilerle çalınan kısa bir enstrümantal parçayla açılıyor) ve değişken ruh halleriyle sinematik bir albüm. Damon'ın harika bir film müziği yazabileceğini düşünmüştüm; eğer yazarların kitaplarının film uyarlamalarını etkileme güçlerinin hava durumunu değiştirme güçlerinden daha az olduğunu bilmeseydim *Bir Erkek Hakkında* için onu önerirdim. Sonra, filmin yönetmenleri Chris ve Paul Weitz tanıştığımız gün, Damon'a zaten filmdeki bütün müzikleri yapmasını teklif ettiklerini söylediler. Bu bana can sıkıcı derecede uygun geldi -benim kafamdaki müziğin onların kafalarındakiyle aynı olması mümkün müydü?- ama neyse, şimdi burada ofisimde oturmuş dünya üzerinde henüz pek az insanın duymuş olduğu yepyeni Badly Drawn Boy şarkıları ve müzik parçaları dinliyorum ve kendimi şanslı hissediyorum.

Bir Erkek Hakkında'yı 1996 yılında, oğlum Danny'ye sonunda otizm teşhisi konduğunda yazmaya başladım. Düşünecek (ya da paniğe kapılmama, çaresiz hissetmeme, uykularımın kaçmasına neden olacak) bir sürü şey vardı, para bunlardan sadece biriydi, ama ben bir anda kendimi nispeten zengin hissetmekten -yazarak elle tutulur bir para kazanmaya başlamamın dördüncü yılıydı ve hayatımda ilk defa biraz para biriktirebilmiştim- mali açıdan hassas bir duruma geçmiştim: oğlumun, sadece benim hayatım değil, kendi hayatı boyunca güvende olmasını sağlayacak kadar para bulmam gerekiyordu ve bu fazladan otuz-kırk yılın, hangi şekilde olursa olsun, nasıl geçeceğini tahmin etmek çok zordu. Sonra, tam da bu endişeler beni etkisi altına almaya ve rahatsız etmeye başladığı sırada bu Hollywood parası geldi. Film çekilmeden önce kitapla Danny arasında kurabildiğim tek bağlantı buydu. Marcus karakterinin Danny'yle hiç alakası yok (Marcus oniki yaşında, biraz tuhaf olsa da zeki ve çenebaz bir çocuk; Danny üç yaşındaydı ve aradan beş yıl geçtikten sonra, hâlâ konuşamıyor) ve Danny'nin Marcus'un yaşadığı gibi bir yetiştirilme tarzının farkına varabileceğini sanmıyorum. Eğer çocuğum olmasaydı ilgimi çeken başka tür bir hikâye olabilirdi, ama *Bir Erkek Hakkında*'nın Danny'yle tek alakası bu.

Tatlı, samimi, Dylanvari, hırıltılı bir mızıka solosu içeren akustik bir tıngırtı olan "A Minor Incident" kitaptaki ve filmdeki büyük bir olaydan bahsediyor: Marcus bir gün eve döndüğünde annesi Fiona'nın intihara teşebbüs ettikten sonra, yerde kusmuğuyla, koma halinde kanepede yatarken buluyor. Bu şarkı Fiona'nın oğluna yazdığı intihar mektubu. Ben de Fiona için bir intihar mektubu yazmıştım ama benimki şarkı sözü formunda değildi ve Damon'un sözleri Fiona'nın kaçık, depresif kayıtsızlığını mükemmel bir biçimde yansıtıyor. Esas mesele şu: "A Minor Incident"ı birkaç kere dinledikten sonra Danny'yi kitabı yazarken düşünmediğim açılardan düşünmeye başladım. Damon, Fiona olarak "Kalabalıkta dikkat çekmemizi sağlayan hep sendin / Arada sırada aklın beş karış havada olsa da / Ne yapmazsan yapma, beni hayal kırıklığına uğratamazsın" diyordu ve bu dizeler beni dumura uğrattı. Otistik çocuklar doğaları gereği hep bir hayal dünyasında yaşarlar, Danny'nin kalabalıkta dikkat çekmemizi sağlama yöntemleri arasında yabancıların cipslerini yürütmeye ya da 19 numaralı otobüsün tepesinde soyunmaya çalışması gibi şeyler olabiliyor. Ama o son dizedeki özel olumsuzluk... Badly Drawn Boy, Danny'yi sevenleri en çok gurulandıran ve onu korumak istemelerine neden olan şeylerin onun asla yapmayacağı şeyler (konuşmak, okumak, futbol oynamak, vesaire) olduğunu nereden biliyor? Bir anda, beş yıl sonra, içten içe şarkının sözleriyle hüzünlü bir özdeşlik kuruyorum çünkü film haklarının satışından gelen para bana kendi ölümlülüğümü düşündürdü; Fiona gibi, ben de Danny'nin yanında olamayacağım zamanları düşünüyorum – farklı nedenlerle tabii, ama sonuç aynı.

İşte böyle. Heyecan işin bu kısmında: yaratıcılığın mucizevî tesadüflerinde ve aktarımlarında. Ben kendi çocuğumla ilgili olmayan bir kitap yazıyorum, sonra biri kitabımdaki bölümlerden biri üzerine çok güzel bir şarkı yazıyor ve bu şarkı benim için kitabımdan çok daha kişisel bir anlam taşıyor. Böyle bir şeyin dünyadaki bütün Hollywood paralarından daha değerli olduğunu söyleyecek değilim, çünkü ben bir pragmatistim ve Hollywood'dan gelen o para Danny'ye o ürkütücü otuz-kırk yıl boyunca yetecek bir fon sağladı. Yine de çok değerli, parayla alınamayacak bir şey; birilerinde yine böyle göz kamaştırıcı, beklenmedik bir kıvılcım çakmasına neden olacak bir şeyler yazarım umuduyla beni yazmaya ve işbirliği yapmaya devam etmeye zorluyor.

18

"Gloryound" - The Bible

The Bible muhtemelen unuttuğunuz, artık varolmayan bir İngiliz grubu. İyi eleştiriler almışlardı ve '86'da ya da '87'de "Graceland" diye bir şarkıları neredeyse hit olmuştu ve seksenlerin sonlarına doğru, İngiltere'de, orta büyüklükteki salonları doldurabiliyorlardı ama birkaç albüm yaptıktan sonra, yüzbinlerce olmasa da, binlerce insanı gözleri yaşlı bırakarak dağıldılar; daha ateşli, dünya çapında bir yas dönemi yaşanmamış olması da ayrı bir hikâyedir. The Bible gibi yetenekli, sadık ve seçici hayranlara sahip, birkaç iyi albüm yayınlamış ama yanlış plak şirketiyle ya da menajerle çalışan, saç kesimleri, pantolon seçimleri hatalı olan ya da sadece şansları yaver gitmeyen sayısız grup var. Koleksiyonum uzun vadede bir yere varamayan grupların albümleriyle dolu –Friends Again, Hot!House, The Keys, Danny Wilson, Hurrah! (çocuklar, müzikte uzun bir kariyer yapmak istiyorsanız bu ünlemlerden kaçının – The Bible da ilk başlarda kullanıyordu ve bıraktıklarında çok geç olmuştu)– bu grupların hepsi ün ve para kazanabilirdi, eğer... Ah, boşverin. Pop müzik konusunda züppe olanlar her zaman kendi sevdikleri gruplara haksızlık edildiğini, bu grupların başarısızlığının dünyanın zevksizliğinin, cehaletinin ve müzikten hiç anlamayışının ispatı olduğunu düşünürler; ama gerçekte bu gruplar fazla sessiz, fazla isimsiz, çok çirkin, fazla akıllı ve giyinip süslenip uyuşturucu almak, makyaj yapmaya çalışmak ve ondört yaşındaki kızları tavlamak yerine çok fazla Chris Bell, The Replacements ya da Bill Evans dinlemiş olurlar; Paddy McAloon'un şarkı yazarlığı yeteneğini Eminem'in bayağılığına tercih edebilirim ama Eminem'in neden daha büyük bir star olduğunu bilmiyormuş gibi yapmam da aptalca olur.

Her neyse, grup üyelerinden birkaçı arkadaşım ya da arkadaşlarımın arkadaşları olduğu için The Bible'ı sevmeyi öğrendim – The Bible'ın solisti ve şarkı yazarı Boo Hewerdine Cambridge'deki bir plakçı olan The Beat Goes On'da arkadaşım Derek'le birlikte çalışıyordu, yani Boo selam vermeye tenezzül ettiği zamanlarda selamlaşacak kadar tanıyorduk birbirimizi. (Daha sonra öğrendim ki yolda karşılaştığımızda Boo'nun beni görmezden gelmesinin nedeni rockçı kibri değil kronik uzağı görememe sorunuymuş. Miyop olmak hâlâ çok işine yarıyor – sahnede müzikle kendini kaybetmiş gibi görünüyor ama aslında dümdüz karşıya bakıyor çünkü başka nereye bakacağını bilemiyor, gözlük de takamıyor çünkü camları buharlanıyor.) Boo'nun ve grubunun insanı utandıracak kadar yeteneksiz olduğunu, ilk albümlerini dinlediğimde ona selam verirken acıdığımı nasıl saklayacağımı bilmeyeceğimi düşünmüştüm –eh, insan öyle düşünüyor, değil mi?– ama ilk albümleri korkutucu derecede iyiydi ve ben de görev bilinciyle korktum. Sık sık çaldıkları yerlere gitmeye başladım; grubu çeşitli isimlerle (The Bible! Ya da The Bible olmadan önce The Great Divide ve Georgia Peach'ti) ve çeşitli kalabalıklar arasında dinledim: 1984'te Marquee'de alt grup olarak sahne aldıklarında onları izleyen yedi kişi kadardık; dört yıl sonra birkaç bin kişi alan Town & Country Club'da çaldıklarında içeri girememiştim. (Boo'yu konuk listesinde yer alacak kadar iyi tanıyordum, gerçekten. Ama söylemeyi unutmuştum, bir sorun çıkmayacağını düşünüyordum... Amaan, neye inanmak istiyorsanız ona inanın.)

Ancak bir grubu bilip sevdiğinizde her derginin ve gazetenin istihdam etmesi gereken türde bir müzik eleştirmeni olursunuz. Birkaç yıldır *The New Yorker* için pop müzik hakkında yazılar yazıyorum; bu da her sabah posta kutunuza istemediğiniz yüzlerce CD bırakılmasını gerekli kılan bir iş. (Plak şirketlerinin sonunda bir şekilde sizin zevklerinizi tahmin edebildiğinden ve kurnazlık edip yolladıkları CD'ler arasında sizin isteyebileceklerinizi bulundurmadığından, böylece sizi onları satın almak zorunda bıraktığından şüpheleniyorum.) Bu istenmeyen CD'lere verdiğim tepkiler şöyle: a) kapağına bakarım. Eğer bir "Sert İçerik" etiketi varsa ve sanatçının adı Thuggy Breakskull ya da PusShit gibi bir şeyse albümü dinlemem. Eğer söz konusu sanatçı güzelse, kabarık saçları varsa, hırlıyorsa, burnundan kan akıyorsa, bir gençlik dizisinde oynamışa benziyorsa, çok yaşlı ya da çok genç görünüyorsa, ne yaptığının farkında değil gibiyse (bu sonuncusu karmaşık bir yargı ve sanırım tutarlı bir biçimde açıklayamayacağım – kaşlarla ilgili bir durum, sanırım, ama arada sırada bir dövme, gülümseme, alaycı bir sırıtış ya da kafasına taktığı bir şey de yardımcı olabilir), ya da sevmediğim bir plak şirketiyle çalışıyorsa da pek zahmete girmem. Bazen -ama itiraf edeyim, pek sık değil- CD kutusunun çevirip şarkı adlarına, uzunluklarına, ender olarak yapımcının adına bakarım; bu albüme Bana Göre Değil (yani gençlere, eski kafalılara, rave'cilere, headbang'cilere, Muhafazakârlara, anarşistlere, kısacası Kuzey Londra'da yaşayan, Nelly Furtado ve Bruce Springsteen seven 44 yaşında bir adamdan başka herhangi birisine göre) diyebilmeme yardımcı olacak bir şeyler ararım. Eğer hâlâ düşmanca bir önyargı oluşturmayı başaramadıysam, o zaman b) basın bültenini okurum. Eğer benim yaptıkları müziğe ayıracak zamanım olmayan 300.000 isimden birini kıyas için kullanıyorsa (genellikle de kullanılar çünkü benim 300.000 ismim çok dikkatli seçilmiştir), eh, o zaman da dinlemem. Yani çok çok az albüm c) aşamasına gelebilir. Bu aşamada allahın belası şeyi CD çalara koyarım ve dinlerim. Ancak bu bağlamda "dinlemek" ilk parçadaki ilk akort değişimini beklemek demektir; o zaman derin bir nefes alıp rahatlarım ve albümü bir şaka, yetenekten nasibini almamış bir şey, cahiller tarafından ortaya konmuş kakofonik bir çorba olarak bir kenara koyarım. Çok sağlam bir sistemdir.

Ama bunun adil bir sistem olmadığını kabul ediyorum; eğer son yıllarda siz ya da plak şirketiniz bana *The New Yorker*'da hakkında yazmamı umduğunuz bir albüm gönderdiyseniz sadece özür dileyip bir dahaki sefere kapak resmi çektirirken aptal bir şapka takmamanızı önerebilirim. (Ve eğer burnunuz kanıyorsa lütfen kanama durana ve temizlenene kadar bekleyin.) Ama eğer benim bir arkadaşımla birlikte bir plakçıda çalışmışlığınız varsa, bambaşka bir muamele bekleyebilirsiniz. Kaydettiğiniz her şarkıyı dinleyeceğim. İlk dinleyişte pek hoşuma gitmeyenleri ilk seferinde bir şeyleri fark etmemiş olmam gerek diye düşünerek bir daha dinleyeceğim. Eğer hâlâ hoşuma gitmeyen bir şeyler varsa, bu işe yaramaz bestenin, tek bir çürük elmanın sıradaki, muhteşem olduğundan neredeyse emin olduğum şarkıdan alacağım keyfi berbat etmesine izin vermeyeceğim.

Başlarken bir şeyler vaat eden (dikkatinizi çekerim, vaat eden, benim hiç bulunmadığım bir plakçıda çalışmış birilerinin söyleyeceği herhangi başka bir şarkıda olacağı gibi ikincil bir şey DEĞİL), güzel, orta tempoda çalınan bir şarkı olan "Glorybound", "Rikki Don't Lose That Number"la aynı iki notalı bas melodisine sahip olan (ki o da Horace Silver'ın "Song For My Father" şarkısıyla aynı iki notalı bas melodisiyle başlar; yani The Bible'ın görkemli bir müzikal geleneğe saygı duruşunda bulunduğu söylenebilir) ve gruptaki diğer arkadaşım olan Neill MacColl tarafından çalışanan muhteşem, kısa bir gitar solosu içeren bir B yüzü şarkısıdır; ama tabii ki bu beni onu bulup bir parçam, şarkı bankamın kalıcı bir üyesi olana kadar defalarca çalmaktan alıkoymadı. Müziğin de buna ihtiyacı vardır: böyle bir adanmışlık, sanatçının ne yaptığını bildiğinin, eğer zaman ve gerekli kendine güven sağlanırsa sonunda bağrınıza basacağınız bir şeyler ortaya koyacağının kabul edilmesi gereklidir. Kim bilir ne yazık ki benim değil sizin arkadaşınız olan insanların yazdığı ve söylediği kaç tane muhteşem şarkıyı kaçırdım ("Glorybound" muhteşem bir şarkıdır, bütün mesele de bu – bu benim nasıl da evdeki danayı kıymete bindirdiğimle değil, genellikle bunun tam tersini yapıyor olmamla ilgili).

19 "Caravan" - Van Morrison

"Caravan"ın *It's Too Late to Stop Now*'daki (bu, Van Morrison'ın tartışmasız en eğlenceli albümüdür, o yüzden aksini iddia etmeyi aklınızdan bile geçirmeyin) muhteşem yorumu insanın izlediği en güzel filmin sonunda yazılar akarken çalınabilecek bir şarkıdır bence; ve eğer bir şarkı size bunu hissettiriyorsa, o zaman kesinlikle kendi cenazenizde de çalınabilir. Bence bu insanın kendi hayatının önemini abartması sayılmaz. Her film *Lawrence of Arabia* [*Arabistanlı Lawrence*] ya da *Apocalypse Now* [*Kıyamet*] gibi olmak zorunda değil, ve bütün angaryaların, kalp kırıklıklarının ve acının yanında üç beş mutluluk anı, katıksız bir umut, yumruklarınızı sıkıp havaya kaldırdığınız bir zafer ya da basit bir mutluluk da yaşamadıysanız, dünyanın en azından bizim yaşadığımız kısmında (eğer bir kitapçıya girip de bu kitabı aldıysanız bahsettiğim kısımda yaşıyorsunuzdur) epeyce bahtsız olmuş olmanız gerekir. Bence, "Caravan" bunların hepsini anlatır ve biraraya getirir; bütün bu olağanüstü karmaşıklıktan kulağa neşeli gelen bir şey çıkmış olması şarkının bayat olduğu anlamına gelmez.

"Caravan", bildiğim kadarıyla, hayat ya da ölüm hakkında bir şarkı değil: neşeli çingeneler, kamp ateşleri, radyonuzun sesini açmak falan gibi şeyler hakkında bir şarkı. Ama şarkının doruk noktasından önceki uzun, doğaçlamalı, saksafonun, zekice çalınan, eğlenceli, yeni oda müziği yaylılarıyla yumuşakça örüldüğü, piyanonun bunların üzerine hüzünlü tiz notalar serpiştirdiği bölümde Morrison'un grubu hayatın kendisi ve muhasebesi arasında bir yerlerde –durup geçmişteki her şey üzerine düşünebileceğiniz büyük, barok tarzda bir giriş salonu– bir dakika boyunca her şeyden kopuyor gibi görünüyor. (Tanrım. Ani bir telaş: siz, bu albüme hâlihazırda sahip olanlar ya da bu tanımı okuyunca bulup dinlemek için yeteri kadar merakı uyananlar, bunları duyabiliyor musunuz? Muhtemelen duyamıyorsunuzdur. Ama telaşa mahal yok; bu kitap sizin ve benim aynı şeyleri duyabilme yeteneğimiz üzerine kurulmuş değil; diğer bir deyişle, bu bir müzik eleştirisi değil. Benim tek umudum sizin de buna denk şarkılarınız olması, müzik dinlemeye çok zaman ayırdığınız ve müziğin ateşinde yüzler görüyor olmanız.) Her ne kadar, bildiğimiz kadarıyla ben düşünecek olmasam da dostlardan ve aileden biraz kafa patlatmalarını beklemek haddini aşmak mı olur? Sonuçta bu benim cenazem. Hem sadece beni düşünmek zorunda da değiller; her şeyi düşünebilirler, ortama ve müziğe uygun şeyler olduğu ve yiyecekler, e-postalar, ayakkabılar, vs. gibi şeyleri içermediği sürece tabii.

"Caravan"ın cenazemde çalınması konusunda beni endişelendiren tek şey yaylı faslı. İnsanlar bunu duyduklarında benim klasik müziğe taviz verdiğimi düşünecekler mi? Kendi kendilerine "Herkes gibi tam da sonuna geldiğinde inançlarına sahip çıkma cesaretini kaybetmesi ne acı," diyecekler mi? Böyle düşünmelerini istemem. Önümüzdeki birkaç onyılda başıma şimdi tahmin edilemeyecek bir şeyler gelmediği sürece bütün hayatımı iyi kötü, şu ya da bu biçimde sadece popüler müzik dinleyerek geçirmiş olacağım. (Birkaç tane klasik müzik CD'im var, arada onları dinliyorum da; ama Mozart'a ya da Haydn'a hiçbir zaman müziğe verdiğim tepkiyi vermedim, kokulu mumlar gibi, sadece odanın kokusunu geçici olarak değiştiren bir şey olarak gördüm ve sanata böyle, saygısızca muamele etmeyi hiç sevmiyorum.) Ayrıca, hiç pişman değilim. Yakın zamanda huysuzluğuyla meşhur bir köşe yazarı, müzik dünyasının tanınmış yöneticilerinden biri tutuklandığında onu savunmaya çalışırken "Pop denen anlamsızlıkla herhangi bir alakası olduğu için bir temiz dövülmesi gerek. Nokta," demişti, ama bunları daha önce de duymuştunuz tabii.

"Pop" kelimesine yüklediği anlamların benimkilerle aynı olup olmadığını, hepsinin, Dylan'ın, Marvin Gaye'in, Neil Young'ın anlamsız olduğunu düşünüp düşünmediği konusunda hiçbir fikrim yok. Herhalde böyle düşünüyordur. Bu benim hiçbir zaman anlam veremediğim bir şikayet çünkü müzik, tıpkı renkler gibi, ya da bir bulut gibi, ne zekicedir ne de değildir – sadece vardır. En uyduruk, en aptal liste şarkısının bile en küçük yapı taşı olan akort, çok güzel, mükemmel, gizemli bir şeydir ve okumamış, eğitimsiz, kültürsüz, duygusal açıdan cahil bir hödüğün birkaç akordu yanyana getirdiğinde muhteşem ve güçlü bir şey ortaya çıkarmaması için bir neden yoktur. Anlamsız kitaplar okumak istemiyorum, ama kitaplar kelimelerden meydana gelir ve kelimeler de düşüncemizin tek aracıdır; benim müzikten tek beklentim kulağa hoş gelmesi. Hamlığına ve basitliğine rağmen "Twist and Shout" kulağa hoş geliyor –hatta bu şarkıyı sofistike hale getirmeye çalışmak kulağa çok daha kötü gelmesine neden olacaktır– ve ben müzikal karmaşıklık ve zekâyı üstünlükle eşit tutan herkese temelde ve şiddetle karşı çıkıyorum. İşler böyle yürümüyor, belki de bu yüzden bu insanlar pop müziği küçümsüyorlar, böyle yürümeyen pek az şeyden biri olduğu için. (Genellikle spordan da nefret ederler.) Klasik müziği sevmeme nedenim kültür düzeyi değil – ben taraf değiştirmiş bir züppe değilim. Klasik müziği sevmiyorum (en azından, ondan etkilenmiyorum) çünkü kilise müziğine benziyor; çünkü, en azından benim kulağıma göre, bir günü, bir haftayı, bir hayatı oluşturan ufak duygularla ilgilenmiyor; çünkü geri vokaller, bas yürüyüşleri, gitar soloları yok; çünkü klasik müziği sevdiğini iddia eden pek çok insan aslında hiçbir müzik türünü (ya da kültürü) sevmiyor; çünkü ben başka bir şey dinleyerek büyüdüm; çünkü bana bir şey hissettiremiyor; çünkü ben dinlediğim müziğin olduğundan daha "iyi" olmasına ihtiyaç duymuyorum – harika, gürültülü, diğer her şeyi bastıran, akıl dolu bir saksafon solosu benim işimi görüyor. Bu yüzden benim cenazemde "Caravan" çalınacak.

Daha önce bahsettiğim, yaşlı insanların düşünüp kafa patlatmalarını sağlayacak olan uzun kısımla iligli sorun... Tamam, mesele şu: burası Van Morrison'un grubu tanıttığı kısım. "Çelloda Terry Adams... Viyolada Nancy Ellis... Trompette Bill Elwin... basta David Hayes..." Çok mu tuhaf? İnsanlar gerçekten de benim cenazemden hiç tanımadıkları (benim de tanımadığım) insanların isimlerini dinleyerek mi çıkacaklar? Bu kısmı mecazi bir oyuncular listesi olarak görmeye başladım: tamam, David Hayes'i ve Nancy Ellis'i tanımıyorum, ama bilirsiniz işte... muhtemelen onlara benzeyen birilerini tanımışımdır. Aklıma gelen en iyi açıklama bu, ve bununla idare edeceğiz çünkü fikrimi değilştirmeye hiç niyetim yok, o kadar.

20
"So I'll Run" - Butch Hancock ve Marce LaCouture

Seksenlerin sonunda bir ara büyük, havadar bir pub'da Teksaslı ozan* Butch Hancock'ı dinlemeye gitmiştim. Yoldayken beklentilerimin gerçekten çok düşük olduğunu çok net hatırlıyorum. Soğuk, yağmurlu bir Londra akşamıydı, ben havamda değildim, bu pub kasvetliliğiyle bilinirdi ve akustik solo dinletiler bazen bana biraz fazla gelirdi; haddinden fazla et ve patates, çok az tatlı. Ama Butch Hancock country-folk müziğinde efsanevi bir isimdi, uzun bir yoldan gelmişti ve Finsbury Park'ta öyle çok sık bulunmazdı... yani gitmemek aptallık olurdu.

Ama Butch yalnız başına çalmıyordu. Ona Marce LaCouture adında başka bir şarkıcı eşlik ediyordu, konser başladığı anda benim de keyfim yerine geldi. İkisi bir arada müthiştiler; iki gırtlağın ve bir akustik gitarın böyle havadar (ve açıkçası dörtte üçü boş olan) bir pub'ı güzel şeylerin olduğu bir yere dönüştürmesi ufak bir mucize gibiydi.

Bir süre sonra ara verdiler. Marce sahnenin yanında kasetlerini satmak için biraz daha durdu, ben de ilk programlarında en sevdiğim şarkı olan "So I'll Run"ın da kasette olduğunda emin olduktan sonra bir tane satın aldım. (Daha sonra ortaya çıktı ki, "So I'll Run" çaldıkları şarkılar içinde onlara ait olmayan neredeyse tek

* İng. singer-songwriter. Kendi şarkılarını yazıp söyleyen sanatçılar için kullanılan bir tanımlama. (ç.n.)

şarkıydı –Al Strehill adında biri tarafından yazılmıştı ve ben Al Strehill'in kim olduğunu hâlâ bilmiyorum– yani benim heyecanım biraz densizce olmuş.)

Her neyse, olay bu kadardı. Beklediğimden daha iyi vakit geçirdim, sonra da eve gittim. Ama nedense, *Ölümüne Sadakat*'i yazarken o akşamı hatırladım ve anlatıcım Rob'u Marie LaSalle adında bir ozanı dinlemek için boktan bir pub'a gönderdim. Müzikten hoşlanır, ruh halini toparladığı, en azından değiştirdiği için, arada kadından bir kaset satın alır, ondan hoşlanmaya başlar. Daha sonra kadın Rob'un müzik mağazasına gelir, en sonunda yatarlar. Eminim Bayan LaCouture da –incitici bir hevesle– beni doğrulayacaktır: biz yatmadık. Ayrıca, muhtemelen benzer bir hevesle, Peter Frampton'ın "Baby I Love Your Way"ini yorumlamadığını ve kesinlikle benim müzik mağazamı ziyaret etmediğini de (çünkü benim hiç müzik mağazam olmadı) doğrulayacaktır. Her ne kadar çok tatlı birine benziyorduysa da, ben ondan hoşlanmadım; hatta Marie'yi sahnede izlerken Rob'un yaptığı gibi, bir müzisyenle çıkmak, albümünün kartonetinde bana teşekkür etmesi gibi gelip geçici hayaller bile kurmadım. Yine de Marie karakterimin bir şekilde Marce LaCouture'dan esinlendiğini biliyorum; bu yüzden onunkine benzeyen bir ismi var, baş harfleri onunkilerle aynı. Sanırım ben Marce LaCouture hakkında değil, söylediği şarkı hakkında yazıyordum. O gecenin hatıralarını zihnimde saklamamın nedeni yağmurlu bir geceyi ve boktan bir ses sistemini birkaç dakikalık bir sihre dönüştürürken ortaya koyduğu simyaydı; ben de aynı etkiyi uyandırmaya çalışıyordum. Marce LaCouture gibi benim de elimde pek ümit vaat etmeyen malzemeler vardı (suratsız bir anlatıcı ve kıt zekâlı arkadaşları, kasvetli bir pub), ve tıpkı onun gibi ben de kendi kendime koyduğum aptalca kısıtlamalara rağmen insanları eğlendirmeye çalışıyordum. Yakın zamanda iki "uydurukçu" yazar, sanırım hakkında yazdığım dünyaların sıradanlığından dolayı, gazetelerde bana saldırdı. Buna verilecek en bariz cevap cinler, ejderhalar, yerin altından çıkan tanrıçalar ve bunlar gibi bir sürü şey hakında yazmanın –

kim böyle bir eseri yazıp da onu renkli bir hale getiremez ki?– çok iyi bir şey olduğudur. (Tabii okunabilir olması ayrı bir mesele...) Ama pub'lar ve bir şeyler başarmaya çabalayan ozanlar hakkında yazmak... işte bu zor iş. Hiçbir şey olmuyor. Hiçbir şey olmuyor, ama yine de, sadece orada öylece durup bira içer ve Peter Frampton hakkında espriler yaparken aslında karakterlerimin yüreklerinde ve kafalarında bir yerlerde bir şeylerin olduğuna sizi ikna etmem gerekiyor. Deha haddinden fazla kullanılan bir kelime, ama... Hayır, tamam, şansımı zorlamayacağım. Mesele şu ki, ben karakterime kendi dinlediğim şarkıcının baş harflerini verdim çünkü bir şeylerin iletilebileceğini, bunun bir şekilde okurlarımın anlatıcımın ruh halinin nasıl değiştiğini anlayabilmesine yardımcı olacağını umuyordum, çünkü benzer fiziksel koşullarda benim ruh halim değişmişti. Diğer bir deyişle, tamamen boş bir inanca sahiptim.

Muhtemelen benzer küçük amaçlarla bunu daha önce de yaptım, daha sonra da. Yazdığım ilk şeyde, satmadığım bir televizyon oyununda, Aretha Franklin'in "I Say a Little Prayer" şarkısının girişindeki piyanoyu hatırlatmak istemiştim; oyunu hiçbir zaman satmamanın nedeni belki de piyano kısmının otuz saniyeden daha kısa sürmesiydi, ki bu bir oyunu ayakta tutmak için pek yeterli değil. İkinci romanım *Bir Erkek Hakkında*'yı da bir biçimde R.E.M.'in "E-Bow the Letter"ına benzetmek istemiştim. Nasıl? Nasıl olduğunu bilmiyorum. Sadece şarkıda, kitapta da yaratmak istediğim bir hava, aynı zamanda hem gizemli, hem alaycı, hem de düşünceli olan bir şeyler olduğunu biliyorum. İyi kalpli okurlar en azından alaycılık konusunda hakkımı teslim edeceklerdir. Her ne kadar bunları hiçbir zaman kendimi tatmin edecek şekilde ortaya koyamadıysam da, hiçbir kitabımı ya da senaryomu baştan okuyup kendi kendime "Evet, işte bu, tam da böyle olmasını istiyordum," demediysem de müzik olmasaydı yazmamın çok daha zor olacağını biliyorum. Bu yüzden, size teşekkür ederim Marce ve Butch. Siz olmasaydınız Rob asla bir ozanla yatamazdı ve kesinlikle bu onu çok mutsuz ederdi.

21

"Puff the Magic Dragon" - Gregory Isaacs

Oğlum Danny'nin ilk defa müzik dinlediği zamanı hatırlıyorum. Doğduktan hemen sonra annesiyle hastaneden eve gelmişlerdi, ben de o sonbaharda sık dinlediğim Shara Nelson'ın solo CD'sini çalmıştım ve Danny bir anda çok sessiz ve dikkali bir şekilde durmuştu. Bir çocuğun hayatının ilk günlerini düşünürken duygulanmamak imkânsızdır, ama ben daha o zaman müziğin şu ya da bu biçimde oğlum için önemli olacağına dair iddiaya girmeye hazırdım – müziğin annesi ve benim için ne kadar önem taşıdığını gözönüne alınca çok da aptalca görünmeyen bir iddiaydı bu. Belki sadece bir dinleyici olacaktı, belki de bir enstrüman çalacaktı. İçinde bir yerlerde müziği hissettikten sonra, bunun benim için bir önemi yoktu – hâlâ da yok.

Hayatımın çok mutlu bir dönemiydi. Danny, hayatını tehlikeye atan, annesinin ölümden döndüğü zor bir doğumun ardından evde ve güvendeydi; bu arada annesi ve ben, hamile kalmasından hemen önceki, uzun süren, zor bir dönemi ardımızda bıraktığımızı, Danny'nin dünyaya gelişinin bu sorunların bittiğinin bir ispatı olduğunu düşünüyorduk. Ancak işler uzun süre yolunda gitmedi. Danny'nin gelişimi sürekli bizi tedirgin ediyordu (otizm teşhisinin konmasına daha zaman vardı) ve o ilk yılların gerginliğini de düşününce, herhalde pek şaşırtıcı olmayan bir biçimde, anne babasının yamalı ilişkisinin üzerindeki yara bantları düştü ve alttaki yaralar kangrene dönüştü.

Ama bütün bu süreçte Danny müziği hissetmeye devam etti – hatta, öyle çok hissediyor ki müzik için kendi kelimesini uydurdu, ki iletişim kuramamanız dünyanızı belirleyen bir durumken bu pek de hafife alınacak şey değil. Danny'nin durumunun pek çok büyüleyici yanından biri (evet, acı ve endişeyle karışık kahkaha, keyif ve heyecan olduğu gibi büyüleyicilik de var), çok az lisanı olmasına rağmen eğer istemezse kendisine verilmeyeceğinden korktuğu şeyler için kelimeler bulabilmiş olması. Yani bazı şeyleri o kadar çok istiyor ki, bunlar onu saran sessizlik örtüsünü delebiliyor, ve müzik (onun deyimiyle "goggo"), cips, yüzmek ve bisküvilerle birlikte en üst sıralarda – bu sıralama benim için de geçerli.

Danny'nin müzikle ilişkisi çok güçlü. Her gece uyumadan önce dinlemesi gerekiyor; bazen elinde taşınabilir bir kasetçalarla dolaşıyor, sesini sonuna kadar açıyor, bazen başka bir yerde mümkün olamayan bir konsantrasyonla dinlemek için bir delikanlı gibi odasına çekiliyor. Danny'yi bunu yaparken izlemek beni inanılmaz etkiliyor; konuşmayan küçük oğlum başını hoparlöre eğip her bir şarkının her bir notasını (ve, kim bilir, belki de her bir sözünü) özümsemeye çalışıyor.

Ayrıca zevkleri de gelişiyor gibi görünüyor. Birkaç hafta önce arabada her zamanki çocuk şarkılarının yerine *Tapestry*'yi mutlulukla dinledi; ama CD değiştiricisi Louis Armstrong'un *Hot Fives and Sevens*'ına geçince arka koltuktan bir itiraz yükseldi: "Goggo! Goggo!" Yirminci yüzyılın en önemli müzikal deyimlerinden birini tek başına yaratan Louis Armstrong, anlaşılan müzik yaratmamıştı. Biz de Nick Lowe'a geçtik ve Danny yine mutlu oldu. Bu iyiye işaretti. Danny'den bahsederken kurulan ve "zevk" ve "gelişmek" kelimelerini içeren her cümle iyiye işarettir çünkü yeni zevkler geliştirmek yerine sahip olduklarına (tuzlu ve sirkeli cipsler, Postacı Pat filmleri ve fıstık ezmeli sandviçler) takılmaya, bütün yüreğiyle onlara odaklanmaya eğilimi var: ilk ve üçüncü doğumgünleri arasında yeni deneyimleri, tatları, ilgi alanları kabul etmeye hazır olduğu küçük bir fırsat penceresi vardı ama bu pencere aniden, pat diye, hiç uyarı olmadan kapandı ve son beş yılda Danny'nin repertuarına yapılan her ek bir sevinç ve şaşırtıcı sohbet kaynağı oldu – "Yirmi dakika boyunca *Oyuncak Hikâyesi'ni* seyretti!" "Yarım kraker yedi!" "Okulda kakasını yaptı!" Böyle şeyler Danny'nin hayatında köklü yenilikler olarak kabul ediliyor; kendinizi alışkanlıklarına bağlı bir yaratık olarak görüyor olabilirsiniz ama Danny yaratıklığın çok ötesinde. O alışkanlık canavarı, hatta Tyrannosaurus rex'i.

Yani benim müziğe dair büyük umutlarım var. Onu kasetlerden (kasetleri bozma eğilimi var) CD'lere geçirmeye ve çocuk şarkılarından uzaklaşırmaya çalışıyorum; ilk birkaç akordu dinlemesini sağlayabilirsem, mesela *Rumours*'la, ya da *Rubber Soul*'la, ya da *Catch A Fire*'la başa çıkabileceğini sanıyorum – genellikle bütün yabancı kültürel malzemeler (daha önce hiç görmediği filmler, hiç duymadığı müzikler) *eject* düğmesi aracılığıyla reddediliyor. Yakın zamanda, Gregory Isaacs'in söylediği "Puff the Magic Dragon"la başlayan, *Reggae for Kids* [Çocuklar İçin Reggae] adında bir CD'yle mütevazı bir başarı sağladım; bu başarı başka bir mütevazı başarının, kendisi hiçbir zaman istemese ya da kendi kendine çalmaya kalkmasa da tahammül ettiği, belki sessizce hoşlandığı bir dünya müziğiyle tanışmasının, hemen arkasından geldi, ben de sevebileceğini düşündüğüm birkaç tane daha derleme buldum... Kim bilir? Belki yakında Gregory Isaacs'in "Night Nurse" şarkısını dinler. Sonra belki bir konsere gideriz, Danny hangi CD'nin hangi kutudan çıktığını öğrenecek kadar ilgilenir... Sakat bir çocuğunuz olduğunda bir zamanlar onun için koyduğunuz hedeflerden çok kolay vazgeçebiliyorsunuz (ve bu hedeflerden pek çoğunun aslında ne kadar önemsiz, anlamsız, değerli, aptalca, hoşgörülü, korkutucu derecede sınırlayıcı olduğunu da öğreniyorsunuz), ama bu hedeflerin yerine yenileri geliyor ve müziğe dair hedefler (Royal Albert Hall, sıradışı bir yetenek ve kulaklarına inanamayan, gözleri yaşlı dinleyiciler içeren boş, *Shine* tarzı hayalden ziyade, müziği dinlemek) hem zararsız, hem de ulaşılabilir görünüyor.

Ama başlangıç olarak "Night Nurse"ü dinlemek yeterli. Benim her yerde iddia ettiğim gibi müzik gerçekten de konuşurken ya da yazarken kendisini nispeten iyi ifade edebilenlerimiz için bile bir ifade aracı olabiliyorsa, başka çok az araca sahip olan Danny için şu andakinden daha ne kadar hayati olabilir? Bu yüzden Danny'nin müzikle şimdiden kurduğu ilişkiye bayılıyorum, çünkü içinde başkalarının seslendirmesini istediği bir şeyler olduğunu biliyorum. Hatta, şimdi düşününce, herkesin müzikle kurduğu ilişkide sevdiğim bu: hepimizin içinde kelimelerin ulaşamadığı, söyleyebilmek için gösterdiğimiz bütün çabayı bertaraf eden, küçümseyen bir şeyler var. Muhtemelen en iyi yanımız, en değerli, en tuhaf yanımız bu; ve bu Danny'de de var; tabii ki Danny'nin bütün dünyevi, değersiz şeylerden muaf olduğu söylenebilir.

22 "Reasons To Be Cheerful, Part 3" - Ian Dury & the Blockheads

23 "The Calvary Cross" - Richard and (ve) Linda Thompson

Eğer kötü niyetliyseniz hiçbir zaman İngiltere'nin sesini İngiliz pop müziği dinleyerek duyamayacağınızı söyleyebilirsiniz. The Beatles ve The Stones ilk yıllarında Amerikan aksanıyla şarkı söyleyen, Amerikan şarkıları çalan gruplardı; Sex Pistols, The Stooges'ın kötü dişleri ve uyanık bir menajeri olan haliydi; Bowie de New York Dolls'u görmeden önce Jackson Browne'ın sanat okuluna giden hali gibiydi. Ama İngiltere'yi hiçbir zaman Elgar ya da Vaughan Williams dinleyerek de duyamazsınız: köprünün altından çok sular aktı. Birayla artan şiddet nerede? Dil nerede, kendi yoluna taş koymak, rehavet veya saygısızlık nerede? Espriler nerede? Köri nerede? Arkanıza yaslanıp İngiltere'yi düşündüğünüzde bunların hiçbirini düşünmek istemeyebilirsiniz ama bunları reddedemezsiniz; eğer İngilizseniz körili bir yemek yeme ihtimaliniz güneşe doğru uçan bir tarlakuşu* görme ihtimalinizde daha fazladır.

* İng. lark. "The Lark Ascending" George Meredith'in bir şiiri ve Vaughan Williams'ın bu şiirden etkilenerek yaptığı beste. İngilizlerin 20. yüzyılda bestelenmiş en önemli eserlerinden biridir. (ç.n.)

Kulağa Ian Dury'nin grubu Blockheads'in "Reasons To Be Cheerful"da çaldığından daha Amerikalı gelen bir müzik bulamazsınız: James Brown şarkılarını hatırlatan *chicken-scratch* gitar, *A Summer Place*'in müziğinden alıntı yapan bir saksafon solo... sadece, tam bu ellilerin sonu Amerikan *kitsch*'i ve yetmişlerin başı Amerikan funk müziğinin birleşiminde ("Reasons To Be Cheerful" vatansever bir "biz de yaparız" hissi yaratmak için yeteri kadar sağlamdır) çok İngiliz olan bir şeyler var: Dury'nin nesli, ne geçmişten ne de rock ve blues geleneklerinin dışındaki popüler kültürden korkuyordu. (The Beatles'ı ve The Kinks'i aynı dönemdeki herhangi bir Amerikan grubuyla karşılaştırdığınızda sadece bizim gruplarımızın anne babalarını daha çok sevdikleri sonucuna varabilirsiniz.) "Reasons To Be Cheerful" da [Mutlu Olmak İçin Nedenler], adından anlaşılacağı gibi, bir liste ve bu liste İngiliz olmayan pek çok şey içerse de müzik garip bir biçimde belli bir tür savaş sonrası İngilizliği temsil ediyor. Örneğin Güney Afrikalı yetkililer tarafından öldürülen siyah eylemci Stephen Biko seksenlerin başlarında liberal sol siyasi yelpazemizin önemli bir parçasıydı – onun hakkında bir şarkı yazan da bir İngiliz şarkıcı, Peter Gabriel'di. Tromboncu Rico Jamaikalıdır, ama bizim 1970'lerdeki reggae sevgimiz Atlas Okyanusu'nun karşı yakasında paylaşılmıyordu ve Rico sadece mutlu olmak için bir neden değildi, aynı zamanda The Specials'ın o kadar kendilerine özgü olmalarının (ve o sıralarda çok belirgin bir biçimde Amerikan olmamalarının) da nedeniydi. Bu insanların herhangi biri, ya da başarıları için Britanya'ya pay çıkarmaya çalışmıyorum, sadece bizim için anlamlı olduklarının, son birkaç onyılda Britanyalı olmanın içerdiklerinin bir parçası olduklarına dikkat çekiyorum.

"Reasons To Be Cheerful"u ne kadar çok dinlersem, o kadar çok olabilecek en iyi milli marş olduğunu düşünüyorum; ülkemizden utanarak çok fazla vakit geçiren bizlere ilham verebilecek bir marş. Hatta, eğer Tony Blair'in biraz yüreği varsa Kraliçe'ye bunu anlatması gerekir, çünlü hiçbirimiz artık Kraliçe'yi önemsemiyoruz, eski marş artık uygun değil, bundan sonra bütün spor karşılaşmalarında ve devlet törenlerinde Dury'nin şarkısı kullanılacaktır. Gözünüzün önünde canlandırın: her milli maçtan önce David Beckham "Yaz, Buddy Holly, çalışkan deli, Good Golly Miss Molly ve keçiler," diye şarkı söylüyor, takımın geri kalanı da "Yatağa dönsene" diye tekrarlayıp duruyor. Ulusun maneviyatına yapacağı katkının haddi hesabı olmaz. Hem bunun güzelliği, şarkının gelişebilir olması. Eğer biz ulus olarak mesela Jarvis Cocker'ın, Judi Dench'in ya da Micheal Owen'in mutlu olmak için bir neden olduğuna karar verirsek o zaman saray şairine araya girecek bir kıta çiziktirmesi söylenir. (Ayrıca buna ek olarak askeri bandoları da dağıtabiliriz; hiçbiri, bırakın gerekli elektrogitarları, gerekli ruha bile sahip değil.)

John Major'ın bisikletle akşam duasına ve kriket oynamaya giden yaşlı kadınların olduğu Britanya hayalini yemeyenleri punk'tan beri gururlandıracak pek bir şey olmadı; Tony Blair'in 1997 seçimlerinde ortaya koyduğu, insanları yeniden harekete geçiren etki de uzun zaman önce, Blair ve hükümetinin sahte, kariyer peşinde beceriksizler olduğu anlaşıldığında kayboldu. Aptal, saçma gangster filmlerimiz, ya da karanlık, züppe yazarlarımızın çoğu, ya da karanlık, cehalet dolu pop müziğimizin pek çoğu beni hiç heyecanlandırmıyor (eğer pop müziğin tamamının cahilce olduğunu düşünüyorsanız, Lennon'ın etkilendiği isimlerle -the Goons, Chuck Berry, müzikhol, Sürrealizm, pek çok şey- Noel Gallagher'in etkilendiklerini, ki bunlar neredeyse tamamen The Beatles'tan oluşuyor, kıyaslayın). Ama Dury'nin şarkısı Cool Britannia'dan* ve Merchant Ivory'den** farklı bir Britanya mirası olduğunu (geçmişte?) hatırlatır. "Reasons To Be Cheerful"un bahsettikleri arasında şunlar da var: Sağlık Hizmetleri gözlüklerinden (Sağlık Hizmetleri hâlâ var), Bolşoy Balesi'nden (Kızıl Kor-

* Cool Britannia: 1990'ların sonunda medya tarafından yaygın olarak kullanılan ve Britanya'nın genç, popüler kültüründeki çıkışı simgeleyen terim. (ç.n.)

** Merchant Ivory: 1961'de yönetmen James Ivory ve yapımcı Ismail Merchant tarafından kurulan, özellikle kostümlü dramalarıyla tanınan film yapım şirketi. (ç.n.)

kumuz* hiçbir zaman olmadı), Smokey'e eşlik etmekten (siyah Amerikan müziğimizi seviyoruz, her zaman sevdik -hatta bu müziğin temsilcileri haline geldik- ve hiçbir zaman Diskonun berbat olduğunu düşünmedik)... Ve Ian Dury sanat okulu görmüş Cockney sesiyle "okuyacak güzel bir şeyler" için teşekkürlerini sıraladığında insanın kalbi kırılacak gibi oluyor: kendi kendisinin öğretmeni olmak da yirminci yüzyıl tarihimizin bir parçası (Penguin yayınevinin halka ucuz klasikler sağlamak için ortaya koyduğu orijinal çabayı, Kitap Kulübü'nü, Açık Üniversite'yi düşünün), ama yirmibirinci yüzyılımızın büyük bir parçası olmayacak gibi görünüyor. Gelip geçici bir funk şarkısı için "Reasons To Be Cheerful"u eğer yeteri kadar dikkatli dinlerseniz kültürel açıdan çok net olduğunu fark edersiniz; anlattığının kaybolmuş bir altın çağ olup olmadığını ancak zaman gösterecek.

Richard Thompson'ın "The Calvary Cross" şarkısında daha eski bir İngiltere'yi duymak mümkündür; Blake'in ve Brontë kardeşlerin hakkında yazdığı, karanlık, şeytani köylülerle, uğuldayan rüzgarlarla, domuz mesaneleriyle ve aklınıza gelebilecek bir sürü şeyle dolu, eski korkutucu yeri. Sadece karasal yayın yapan televizyon kanallarının olduğu, doğru düzgün paket yemek alınabilecek restoranların olmadığı o karanlık günleri anlatan çok İngiliz folk müziği var ama elektrogitarla bunu yapan tek kişi Thompson'dır – rock'n'roll'u bir bütün olarak yalayıp yutmuş (sıradışı Chuck Berry yorumlarına itiraz etmez, onun The Byrds'ün "Ballad of Easy Rider"ını yorumlayışı Here and There'in harika, folk etkili bir karışımıdır) ve sadece Britanya'da yapılabilecek bir şey ortaya çıkarmıştır. 1977'de, Thompson'ı ve eski karısı Linda'yı ilk defa canlı dinlediğimde bir çift Hardy karakterine benziyorlardı; konser Cambridge'de, sade bir konferans salonundaydı, Thompson'ın zayıf, tekin olmayan, eski moda yüzü bana zavallı Jude Fawley'i ve Oxford'da okumak için gösterdiği umutsuz çabayı hatırlatmıştı. Bu arada Linda bol ve uzun bir gömlek giymiş, başına bir örtü do-

* Kızıl Korku (Red Scare): Amerika'da komünizm korkusuna verilen isim. En yoğun dönemlerini 1917-1920 ve 1947-1957 arasında yaşamıştır. (ç.n.)

lamış bir taburede oturuyordu (belki de hamileydi) ve çok sefil görünüyordu; sanki Thompson, *The Mayor of Casterbridge*'da [Casterbridge Valisi] karısını satan Henchard gibi, onu satmaya çalışıyora benziyordu. Her şey çok ruhsuz ve tuhaf bir biçimde akılda kalıcıydı; ve her ne kadar onları izlediğime memnun olsam da tek bir saniye bile müziklerini ortaya çıkaran ülkede yaşadığımı, ya da yaşamak istediğimi hissetmedim. Bunun bir önemi var mı? Muhtemelen yok – hiçbir zaman Mali'de, Jamaika'da Trenchtown'da da yaşamak istemedim ama oralardan gelen birkaç iyi plağım var. Yine de anavatanınıza ait ya da anavatanınız hakkında, orayı dünyadaki en soğuk, ruhsuz yer olarak gösteren müzikler dinlemek biraz rahatsız edici. Ben Ian Dury'nin yaşadığı yerde yaşamak istiyorum; umarım hâlâ öyledir.

24
"Late for the Sky" - Jackson Browne

1974'te, "Late for the Sky" piyasaya çıktığında ben ne dinliyordum? Jackson Browne'u değil tabii. 1977'ye kadar onun pek farkında değildim; o zamanlar müzikal mikroiklimim nazlı Kaliforniya çiçeklerine ev sahipliği yapamayacak kadar şiddetliydi; üniversitede tanıştığım bütün kızların plak koleksiyonunda "The Pretender"ın bulunması da iş müziğe geldiğinde kızların bir şey Anlamadığı konusundaki şüphelerimi haklı çıkarıyordu. Sonra, yirmi yılın ardından, evliliğim biterken, barış zamanında ayrıntılı bir biçimde irdelendiklerinden, *Blood On the Tracks*'in ve *Tunnel of Love*'ın sunacak pek fazla şeyleri kalmadığını, bu arada The Clash ve the Ramones'un, yani benden "The Pretender"a burun kıvırmamı istediklerini sandığım insanların da uzun zamandır bir işime yaramadıklarını fark ettim. (Bu üniversiteli kızların aslında bir şey Anladığını göstermiyor. Ondokuz yaşındaydık – uyumsuz evlilikler ve erken orta yaş bunalımları hakkında şarkılar değil punk dinlemeliydik, ama Cambridge Üniversitesi'nde oğlanların İngiliz edebiyatı ya da hukuk okurken punk dinlediklerini düşününce iki seçeneğin de genç yetişkinlerin aşmış olması gereken bir samimiyetsizlik içerdiğini iddia edebilirsiniz.) Ben de arkadaşım Lee'nin öğüdünü tuttum (kalite garantisi) ve bir çift Jackson Browne albümü alıp eve gittim; birkaç dakika sonra yeni bir arkadaşım olmuştu.

"Doctor My Eyes" ve "Take It Easy" dışında, ilk üç dört albümündeki harika şarkıların hiçbirini bilmiyordum. "Late for the Sky"ı, "These Days"i, "For a Dancer"ı, "From Silver Lake"i ya da "Jamaica, Say You Will"i hiç duymamıştım. Daha önce hiç okumadığım bir yazarı keşfetmek gibiydi –daha önce okumadığımız yazarları her zaman keşfederiz ama bir yetişkin olarak, sağlam bir geçmişi olan önemli pop sanatçılarıyla karşılaşmamız çok enderdir: onlarla tanışmamıza engel olarak çoğu zaman cehaletimiz değil önyargılarımızdır ve önyargıları alt etmek daha zordur (aslında, onları korumak çok daha eğlencelidir). Evet, tabii ki beni Jackson Browne'u dinlemekten alıkoyan önyargılarımdı. O bir punk değildi. Pek de rock'n'roll sayılmayacak tas kesimli saçları vardı. Benim işleri ağırdan almak istemediğim bir dönemde "Take It Easy"yi [Ağır Ol] yazmıştı. Hiçbir şarkısını duymamış olmama rağmen hepsinin zayıf, takıntılı, içli şarkılar olduğunu biliyordum – Amerika'nın en kötü özelliklerini taşıyorlardı, iyilerininse yanından geçmiyorlardı.

Sonra bir anda, kırkımı geçmiş, tükürdüğümü yalamaya, mutsuz şarkı sözlerindeki bütün yersizlikleri ve basitlikleri, ayrıca çılgın atmak için bütün başarısız, talihsiz ve tanrıya şükür ender çabaları affetmeye hazırdım (ama bir uzaktan kumandamın ya da şarkıyı geçme butonumun olmadığı plak günlerimde bu kadar affedici olmazdım). Kötü şeyleri affetmeye hazırım çünkü iyi şarkılar çok güzel ve güzellik, özellikle pop müzikte ender bulunur bir ürün, bu yüzden bir süre sonra sizi bunu kucaklamaktan alıkoyan her şey kendi kendinize zarar verdiğiniz anlamına gelir. Ben artık pop müzik konusunda züppelik etme lüksüne sahip değilim, eğer beni etkilemeyi başarabilecek bir müzik varsa o zaman kimin yaptığına bakmaksızın o müziği dinlemek isterim. Eskiden Little Feat'i ve Neil Young'ı sevmemek için nedenlerim vardı (ilkinin hatırlayabildiğim kadarıyla fazlasıyla kibar ve müzikal olarak da fazla kuralına göre oynaması, ikincinin de gereğinden uzun gitar soloları) ama artık hiç kimse zevk konusunda böyle acayipliklere prim veremez. Müziği ya seversiniz ya sevmezsiniz ve müziği sevmek demek biraz iyi olan herkesi bağrına basmak demektir.

Eğer en züppe yıllarımızda dinlediğimiz her şey onunla kıyaslanmayı hak ediyor olsaydı pop müzik konusunda züppe olanların zavallı Jackson gibilerini reddetmeleri affedilebilirdi ama tabii ki bunların pek çoğu son derece kötü (ve kısa ömürlü) süprüntülerdi.

Yakınlarda *Mojo* dergisi Gelmiş Geçmiş En İyi 100 Punk Şarkısı listesi yayınladı ve bunların sekiz kadarının yazıldıkları zaman da şimdi de -taklit, çocuksu, punk geleneği içerisinde bile uyumsuz sayılabilecek, bir daha asla duymak istemeyeceğim- korkunç şarkılar olduğunu söylemek abartmak olmaz. Yine de o zamanlar Half Man Half Biscuit'i ya da The Users'ı Jackson Browne'a her koşulda tercih ederdim herhalde. (Ne diyorum ben? Half Man Half Biscuit'i Jackson Browne'a her koşulda tercih ediyordum zaten.) David Lindley'in "Late for the Sky"da çaldığı ilahi, duygulu gitar solosunu çeyrek yüzyıl boyunca duymadım çünkü herhangi bir ırkçı kadar dar görüşlü ve aptal bir bağnazdım. (Bu arada: oy verecek kadar büyüktüm ama hâlâ Sex Pistols'ın "Belsen Was A Gas" şarkısı için bahaneler uyduruyordum ve bir adamı sırf acayip bir saç kesimi var, biraz da içgözlem yapıyor diye affedemiyordum... Şimdi düşünüyorum da, o zamanlar epey korkutucuydu.) Şimdi Jackson Browne konusunda Pistols için hiç olmadığım kadar katı olduğumu hissediyorum: " 'Late for the Sky'ı sevmiyor musun? Siktir git o zaman, çünkü hiç umurumda değil."

Bu sadece benim yaşlandığım, bu yüzden Jackson Browne'un sakin müziği benim için punk'tan daha çekici olduğu anlamına gelebilir – bunların hepsi (bugün, bu satırları yazdığım sırada!) kırk beş yaşında olduğumu, bu yüzden artık veletlerle dolu, gürültülü gitar gruplarını değil, folk çalan ozanları dinlediğimi söylemenin kibarcası... çocuklar... bel ağrısı... *The West Wing*'i [*Batı Kanadı*] seyrederek geçirilecek güzel bir akşam... vesaire vesaire. Yine de -sevgilim istemeden de olsa hak verecektir- hâlâ gürültüden keyif alıyorum ve gürültünün değerini biliyorum. Hiçbir arkadaşım The Strokes'u benim sevdiğim kadar sevmiyor (ama itiraf ediyorum, bunun nedeni bunların hepsini daha önce de duyduklarını düşünmeleri, bense daha önce de duymuş olmayı seviyorum, yani bu benim aradığım mütemadiyen çılgın atılan sonsuz gençliğin su götürmez kanıtı olmayabilir); Marah'nın son konserlerindeki ses düzeyi Lee'ye Ted Nugent'in en korkunç zamanlarını hatırlatmıştı, bana da kulaklarımın çınlamasına daha sık izin vermem gerektiğini fark ettirdi. İşte bu nedenlerle Jackson'a karşı bu yeni ortaya çıkan sevgimin sadece ilerleyen yaşımla açıklanamayacağını düşünüyorum.

Ama o zamanlar bende ziyan olurdu; hiç anlamazdım. Sözlerden bahsetmiyorum, sonuçta sözler pek de üstü kapalı sayılmaz (benim yetmişlerin sonundaki ozanım Elvis Costello nesnel eleştiri konusunda beni çok daha fazla zorlamıştır); ben ruhtan bahsediyorum. Daha yaşlı olmak burada işe yarıyor, çünkü nasıl on dört yaşındayken bir heavy metal gitarıyla çalınmayan herhangi bir melodiye karşı şüpheyle yaklaşıyorsam yirmi bir yaşında da acıdan bahseden bir soft rock şarkısıyla kendini beğenmiş bir keşin karısından, köpeğinden ya da plak şirketinden aldığı artıştan ne kadar memnun olduğunu anlattığı bir soft rock şarkısı arasındaki farkı göremiyordum. Jackson Browne'un müziğinde genç bir adam olarak algılayamayacağıma inandığım o kadar çok şey var ki; muhtemelen narinliğini ve kırılganlığını yumuşaklık sanardım. Muhteşem bir uyumla "Herkes sana buna değmez diyecek" dediği "The Times You've Come"daki nakarat bölümü, "I Thought I Was a Child"ın piyanolu girişi, Lindley'nin gitarının, Browne'un piyanosunun ve bir orgun nefes kesici derecede hüzünlü bir güzelliği ortaya koyduğu "Late for the Sky"ın ilk akortları (bugünlerde kaç plak şirketi önemli bir sanatçının böyle bir albümle piyasaya çıkmasına izin verir ki?)... Bu anları ve bu şarkıları şekillendiren derin duyguları anlayabilmek için biraz yaşamış olmanız gerekiyor sanırım; eğer "Late for the Sky" bir boşanma için mükemmel bir eşlikçiyse bu sadece pişmanlık dolu sözleri olduğu için değildir; boşanma derinizin bir katmanını daha yüzdüğü (bu kadar çok katmanımız olduğunu, bunlar yüzüldüğünde canımızın bu kadar yanacağını kim bilebilirdi?), böylece akortları, soloları, uyumları ve diğer şeyleri doğru düzgün duyabilmenizi sağladığı içindir. Şunu da eklemeliyim ki ben bir şeyleri doğru düzgün duyamamayı dilerdim; bir tarafım o fazladan deri katmanlarına hâlâ sahip olmayı ve bu müziği Kaliforniya saçmalıkları olarak aşağılayabilecek bir konumda olmayı istiyor. Ama değilim ve bundan olabildiğince yararlanmak zorundayım; doğruyu söylemek gerekirse bu yarar benim tahmin edebileceğimden kat kat iyi. Hayat da böyle değil mi zaten?

25 "Hey Self Defeater" - Mark Mulcahy

1996 yılında, *Ölümüne Sadakat*'in karton kapaklı baskısı yapıldıktan kısa süre sonra bir gün Londra'nın kuzeyinde, Islington'da Upper Street'te (romanımın anlatıcısının sahibi olduğu ufak müzik mağazasını yerleştirdiğim yerden pek uzak olmayan) bir müzik mağazasına gittim. Bu mağazaya daha önce gitmemiştim –nispeten yeni bir mağazaydı (hatta *Ölümüne Sadakat*'in yayınlandığı zamanlarda açılmıştı ve bu tesadüf hâlâ epeyce karışıklığa neden oluyor– ve nedense –mağazanın şıklığı ya da belki bir şekilde caz ya da ortaçağ müziği veya öyle bir şeyleri çağrıştıran adı (Wood [tahta]) yüzünden– hep benim dinleyeceğim türde şeyler satmadığını düşünüyordum. Ama satıyordu ve o zamandan beri de oraya gidiyorum.

Mağazanın sahibi Lee ilk gittiğim gün orada değildi. Bob Dylan'ı izlemeye Liverpool'a gitmişti: müziği ciddiye aldığına dair açık ve net bir gösterge. Daha sonra, onunla tanıştığımda futbolu da, tıpkı benim gibi, ciddiye aldığını gördüm ve iki tutkusu çarpıştığında ortaya çıkan sonuç muhteşem ve kanlı olmuştu: Dylan'ın Liverpool'da çaldığı akşam, İngiltere Euro '96'nın yarı finalinde Almanya'yla oynuyordu; Lee de trenden iner inmez maçı izlemek için konserin olduğu salonun çok yakınında bir pub'a gitmişti. Maç uzatmalara kaldı, sonra penaltı atışları ıstırabı başladı... Lee pub'dan çıktığında son Dylan hayranları da konser salonundan çıkıyordu. İngiltere maçını televizyonda izlemek için 320 kilometre yol yapmıştı. Benim birlikte iş yapabileceğim bir adamdı.

Lee'ye müteşekkir olmamın pek çok sebebi var. Onun hayatıma girişi insanın bağlılıklarının kendi kendilerini yok etmeye başladığı bir zamana denk geldi; o olmasaydı sanırım yeniden basılan eski albümlere ve büyük boy gazetelerdeki eleştirilere olan inancım artacaktı ve bunun sonucunda yeni müziklerin çoğu beni hiç tatmin etmeyecekti (çünkü hiç dinlemeyeceğim yeni ve cüretkar bir hiphop albümüne para vermem için ayartılacaktım) ve bu yüzden, sonunda müziğin kendisi de beni memnun edemeyecekti. Eğer her gün, her fırsatta müzik dinleyen biriyseniz eskiden beri dinlediğiniz müzikler sizi bir ömür boyu idare edemez. Yeni şeylere ihtiyacınız vardır, çünkü pop müzik tazelik demektir, Nelly Furtado demektir, gece geç saatte yayınlanan bir şov programında gördüğünüz bir grubun ilk albümündeki kafayı yedirtecek kadar akılda kalıcı dördüncü şarkı demektir. Tabii ki o dördüncü şarkı *Pet Sounds*'daki, *Blonde On Blonde*'daki ya da *What's Going On*'daki herhangi bir şarkı kadar iyi değildir, ama *Pet Sounds*'u en son ne zaman dinlediğinizi de bir düşünün.

Lee'yle hiç tanışmamış olsaydım Lauryn Hill'i veya Radiohead'i gözden kaçırmazdım (ama Lee kopartılan fırtınalara kapılıp kapılmamam gerektiği konusunda fikir vermekte çok iyidir, bana birkaç kere zahmet etmememi, kredi kartımı cebime koymamı söyledi; bir satıcıdan da bundan daha fazlasını bekleyemezsiniz), çünkü hiçkimse Lauryn Hill'i veya Radiohead'i gözden kaçırmaz; ama ilk albümü *Fathering*'i Lee'nin önerisi üzerine satın aldığım ve aylarca bıkmadan dinlediğim Mark Mulcahy gibilerini gözden kaçırırdım. Albümdeki ilk (ve o sene yaptığım neredeyse bütün karışık kasetlere giren) şarkı, "Hey Self Defeater", gerçeğin ve bir tür sözlü alaycılığın süzgecinden geçen hak edilmiş iyimserlik ve merhamet duygularını aktarmayı başarıyor; size, sizin benim gibi alaycı, merhametli kişilere bir şeyler söylüyor ve o kadar da kalabalık olmadığımız için (alayclık ve merhamet dünyadaki hayatı çekilir kılan şeylerden ikisi olduğu halde neden böyle olduğunu Tanrı bilir ya), dinleyicisini ancak fısıltı gazetesi ve kafası benzer çalışan kişilerin tavsiyeleri sayesinde bulacaktır; işte Lee de burada devreye giriyor.

Mark Mulcahy'yi (ya da hepsi ilk kez Wood'da karşıma çıkan Rahsaan Patterson, D'Angelo, Belle & Sebastian, Hazeldine, Elliott Smith, Whiskeytown, Son Volt, Remy Shand, Stacey Earle, Eddie Hinton, The Jayhawks veya Oh Susanna'yı) hiç duymasam hayatımın genel çerçevesinden çok büyük bir değişiklik olmazdı; hiçbiri bir sonraki Marvin ya da Dylan, hatta Glam Parsons değildi, değil ve asla olmayacak. Ama yine de, dediğim gibi, Genel Çerçeve rejimini katı bir biçimde takip edecekseniz o zaman kahvaltıda, öğle yemeğinde ve akşam yemeğinde *Blonde On Blonde* ve *Pet Sounds* – ya da *Don Kişot* ve *Moby Dick*– olacak demektir. Elliott Smith benim kuruyemişim, Rahsaan Patterson da Ben & Jerry's dondurmam; onlarsız hayatın tadı tuzu olmazdı.

Hayatım boyunca, bir kenarda bekleyen uygun müziklerle onları sevecek güçleri ve becerileri olan insanları istekle ve başarıyla bir araya getiren hevesli, Austen romanlarına yakışır çöpçatanların verdikleri tüyolara güvendim. Süslü bir CD dolabına sığabilecek zayıf bir koleksiyonla oturma odanızın koca bir duvarını işgal eden raflar arasındaki farkı yaratan da böyle insanlardır.

Güncelleme

Bütün küçük müzik mağazaları gibi Lee'nin işleri de son zamanlarda pek iyi gitmiyor. 2002'nin ilk yarısında (iyi yeni müziklerin hiçbir zaman tükenmeyeceğine dair bu sayfalarda sık sık ortaya koyduğum aptalca iyimserliğime rağmen) kayda değer bir albüm çıkmadı; İngiliz müzik endüstrisinin genç erkeklerden oluşan gruplara, genç kızlardan oluşan gruplara, erkek kız karışık gruplara ve televizyondaki yetenek yarışmalarını kazananlara olan ilgisi yetişkinlere müzik sunmaya çalışanlar için pek bir şey ifade etmiyor. Bu yazıyı yazdığım sırada Wood kapanma tehlikesi yaşıyor.

Bağımsız mağazaları destekleme konusunda her zaman o kadar da hevesli olmuyorum. Ah, tabii ki her zaman paramı mağaza zincirlerine vermemek için elimden geleni yapacağım; ama bazen pek bilinmeyen, Amerika'dan ithal bir albüm ya da kurmaca olmayan esrarengiz bir kitap aradığınızda Tower'ın veya Borders'ın bulabildiğiniz en büyük şubesinde bunlarla karşılaşma olasılığınız çok daha yüksek oluyor. İnsan bu durumda vicdan azabı çekiyor tabii ama bu affedilebilir çünkü küçük mağazaların çoğu raflarında ve tezgahlarında aylarca yatacak bir şeyle kumar oynamayı göze alamıyor.

Ama bütün kültürümüz Borderstones* adında koca bir alışveriş merkezi zinciri tarafından satıldığı zaman kişisel heveslerimizin oluşan bir balonun üzerinde yüzen şeyleri kaybedeceğiz. Eğer bilinmeyen Amerikan albümü konusunda önceden bir bilgiye sahipseniz, iyi. Ama ya ne dinlemek istediğinizi daha bilmiyorsanız? O zaman Jennifer Lopez albümlerinin arasında nasıl göreceksiniz onu? Büyük zincirler konusunda en sinir bozucu şeylerden biri de gittiğiniz her yerde aynı kitaplar, aynı DVD'ler ve aynı albümlerle, aynı çoksatar listeleriyle, aynı iki alana üçüncüsü bedava önerileriyle karşılaşmanız. (Evet, bir ukala atlamadan ben söyleyeyim, alışverişe gittiğim her yerde kendi kitaplarımla karşılaşmaktan ben de sıkıldım.) Yeni şeyler keşfetmeye devam etmek istiyorum; borsada işlem gören bir yerde bu mümkün değil. Lütfen Wood'da ya da size en yakın denginde alışveriş yapın, yoksa pişman olacaksınız.

Wood Music 2003'ün yazında kapandı.

* İngiltere'deki en büyük iki kitap ve müzik mağazasının, Borders ve Waterstones'un adlarından türetilmiş. (ç.n.)

26

"Needle in a Haystack" - The Velvelettes

İnsan klişelere kurban olmamak için çok çaba gösterir; duvarlarınızda asılı resimlere, raflarınızdaki kitaplara, CD'lere bakınca hayatı boyunca basmakalıp olmamayı başarmış, çok yönlü, kategorize edilemeyen birini görürsünüz. Ama beyaz bir erkekseniz –özellikle kırkını geçmiş beyaz bir erkekseniz– çok büyük ihtimalle, ne yazık ki, tahmin edilebileceği gibi bir konuda eksikliğiniz vardır: dans etmeyi hiç beceremezsiniz. Hatta, dans edememek bir yana, sarhoş ya da çakırkeyif değilseniz, etrafınızda ya hiç tanımadığınız insanların (özellikle de sizden daha yaşlı ve/veya daha gergin ve beceriksiz yabancıların), ya da en az çeyrek asırdır tanıdığınız ve kendileri de sarhoş ya da çakırkeyif olan insanların yanında olmadığınız sürece dans etmeyi denemezsiniz bile. Bu noktada, kalıpları kırdığımı; yaşıma, cinsiyetime ve milliyetime (çünkü maalesef İngiliz olmak bu alanda pek işe yaramıyor) rağmen üç yaşında birinin (hem de üç yaşında bir kız çocuğunun) heyecanı ve kendini bilmezliği, genç bir Barişnikov'un kıvraklığıyla pistlerin tozunu attırdığımı söylemeyi çok isterdim... Ama tabii ki attıramıyorum. İngilizlerin deniz tatillerinde Kuzey Denizi ne anlama geliyorsa dans pisti de benim için hâlâ sosyal açıdan o anlama geliyor – son derece korkuyla ve ihtiyatla yaklaşılması gereken, cesaretinizle mücadele ederken saatler boyunca bir ileri bir geri gideceğiniz, kanınızın her hücresi çok geç olmadan kaçıp gitmeniz için haykırırken kısa bir süreliğine, rahatsız bir halde içine daldığınız, mühim yerlerinizi büzüştüren bir şey.

Ergenliğimde, kızlarla tanışmak için her Cumartesi gecesi oturduğumuz mahallede bir yerde dansa giderdim ama tabii hiçbir zaman gerçekten dans etmedim. Dansa dans etmek için gitmek tiyatroya rol yapmak için gitmek gibi olacaktı: bazı insanların bunu yapabildiğini, ama o insanların hiçbirinin sizin tanıdığınız kişiler olmadığını kendi gözlerinizle görürdünüz. Siz sadece onları seyretmek için para verirdiniz.

Sorunun bir kısmı benim ergenlik yıllarımda dinlediğim müziklerden kaynaklanıyordu. O müziklerle dans etmek yerine onları yemeye kalksanız da aynı kapıya çıkardı. Heavy rock kolay lokma değildi –amacı da buydu zaten– ve benim danslara gittiğim zaman harika dans müziği yapılıyor olmasına rağmen ben ilgilenmiyordum. Hatta, biz heavy rock dinleyicileri, ciddiyetten yoksun olduğu gerekçesiyle dans müziğini küçümsüyorduk. (Kaçınılmaz olarak, sonraki on yılın büyük bir kısmını zamanında vereceğim paranın üç, dört katını verip o müziklerin hepsini satın alarak geçirecektim.) İnsanın etrafındakileri iterken zıplayıp durmasını gerektiren punk da beni daha kıvrak ya da daha zarif yapmak için pek uygun değildi.

Ama sonra, seksenlerin ortasında kendi irademle danslara gitmeye başladım; hem de kız tavlamaya falan gitmiyordum. Gidiyordum, çünkü seviyordum. Klübün adı The Locomotion'du, danslar her Cuma gecesi Londra'nın kuzeyinde, Kentish Town'da olurdu; bir dönem, gidemediğimde tıpkı futbol takımımın maçlarını izleyemediğimde olduğu gibi, kendimi çok kötü hissederdim. Wendy May adında bir kadın olan DJ funk, Motown, ska ve adi pop şarkılarından (Tom Jones'un "It's Not Unusual"ı çaldığında pistte adım atacak yer kalmazdı) oluşan çok iyi bir karışım çalardı; arada bir daha yeni kefedilmiş olan, henüz klüpleri istila eden bir veba salgınına dönüşmeyen house müzik olurdu; duyduğum her şey bende dans etme istediği uyandırırdı ve nasılsa, dans edebilirdim. ("Edebilirdim" derken bir anda sağlam bir Terpsikhore'ca* ifade gücüyle

*Yunan mitolojisinde dansın esin perisi Terpiskhore'nin adından türetilmiş. (ç.n.)

donandığımı falan değil, hiçbir şeyin beni engellemediğini kastediyorum tabii. The Locomotion sihirli bir krallıktı ama mucizeler de yaratmıyordu.) Gitmiş olanların da bileceği gibi, *Ölümüne Sadakat*'te Rob'un bahsettiği yer The Locomotion'ın bir türevi.

Wendy May'in zevki işe yaradı. Çaldığı Motown şarkıları kusursuzdu ama benim bildiğim ve bıktığım Motown şarkıları değildi. Mesela The Velvelettes'in keskin şarkısı "Needle in a Haystack"i (ki hemen koşup George McCrae'nin "Been So Long" ve "Groovin' With Mr. Bloe" şarkıları ve daha bir sürü şeyle beraber almıştım) daha önce hiç duymamıştım: bütün iyi DJ'ler gibi May bir şekilde şarkıları kendisine ait kılmayı başarıyordu – onun klübünü farklı ve özel kılan da buydu. Herhalde –benim için her konuda, her zaman olduğu gibi– bir müzik hayranı olması da işe yaramıştı.

Ama mesele sadece müzik değildi. İnsanları da anladığımı hissediyordum – hepsi 30-35 yaşlarında, pejmürde, nispeten çulsuzdu; gözümü korkutmuyorlardı, isteseler de korkutamazlardı, çok azı profesyonel olarak dans etmeyi düşünebilecek gibi görünüyordu: dans etmeyi sevmek illa ki bu konuda çok iyi olacağınız anlamına gelmiyordu. İçine dalmak için hâlâ birkaç tek atmam gerekiyordu ama sadece birkaç tane: dört bacağım çıkana ve kendimi (mantıksız görünse de) 25 yaşında bir James Brown'ı hayranlıktan ağzı açık bırakabileceğime ikna edene kadar içmem gerekmiyordu. İzlemeyi de seviyordum. Town & Country Club'ın balkonundan aşağıya bakmak, harika müzikler dinlemek ve yüzlerce insanın Kentish Town'da yaşanabilecek en iyi Cuma gecesini geçirmelerini seyretmekten daha iyi bir şey olamazdı.

Nedenini şimdi hatırlamıyorum ama sonra gitmeyi bıraktım – herhalde yaşımla ilgili bir şeydir, sağlam bir Cuma gecesinden sonra Cumartesi sabahları kendime gelmem gittikçe zorlaşmaya başlamıştı– ve sanki gerçekten de sihirli bir krallığı geride bırakmışım gibi her zamanki, umutsuzca utanan halime döndüm. Wendy May şimdi taşrada yaşıyormuş ama yakınlarda tam da benim oturduğum caddenin aşağısında, farklı bir yerde eski günleri yad etmek için tek geceliğine çaldı. Ben gitmedim. Gitsem kendimi tam bir salak gibi hissederdim, değil mi?

27
"Let's Straighten it Out" - O. V. Wright

Seksenlerin başında, punk yavaş yavaş ödükten sonra beyazların yaptığı rock müzikle yakından ilgilenmek bana zor gelmeye başlamıştı. Benim adamlarım -Costello, Springsteen- arada bir düzgün bir albüm yapıyorlardı, Kaybettiklerimiz'i bize unutturmak için ortaya birkaç tane harika grup -R.E.M., Smiths, Dexy's Midnight Runners- çıkmıştı. Ama çoğunlukla pub'lar, kulüpler ve plakçı rafları punk'ın köhne amatörlüğünü özümsemiş ama anlatmak istediği asıl meseleden hiçbir şey anlamamış, uzun, yeşil yağmurluklar giyen ve pek sık espri yapmayan gruplar tarafından dolduruluyor gibiydi. Ancak gençlerin olmak isteyeceği gibi suratsızdılar, ben de yirmi dört, yirmi beş yaşlarımda onların samimiyetleriyle alay edecek kadar büyümüştüm, tıpkı sekiz dokuz yaşındayken kızkardeşimden azıcık geç yatmak istediğim gibi: çok genç olduğunuzda bu yaş farkları önemlidir.

Ama siyahların müziği büyükler içindi; soul şarkıları boşanmalar, zina, yaşanmış hayatlar hakkındaydı ve mesleklerinde zirvede olan büyük soul sanatçıları bulmak mümkündü: Bobby Womack, Anita Baker, Luther Vandross, Prince, Cameo, Marvin Gaye, Teena Marie (aslında beyazdı ama Rick James'le takılıyordu ve albümleri Motown'dan çıkıyordu) ve Jimmy Jam, Terry Lewis gibi yapımcılar seksenlerin ilk yarısında muhteşem albümler yapmıştı. Buna karşın, rock müzikte -Gramsci'nin herhalde ilk *Rolling Stone* röportajlarından birinde söylediği gibi- eskiler ölüyordu, yenilerse doğamıyordu ve etrafta marazi arazlar ortaya çıkıyordu. Soul konserleri de bir revelation'dı: çok eğleninen, çığlıklar atan, dans eden (pogo yapmak ya da kafalarını sallamak yerine ayaklarını, vücutlarını, kalçalarını kullanarak dans eden), her ırktan insanlardan oluşan bir kalabalık, her zaman müthiş bir müzik, gerçekten çalabilen müzisyenler. Beyaz rock gruplarının farklı bir amaca hizmet ettiklerini de iddia edemezdiniz çünkü en azından İngiltere'dekilerin çoğu funk'ı keşfetmişti. Ancak maalesef pek *funky* sayılmazlardı. Cameo'yu "She's Strange"i çalarken dinlemek varken başparmağında eklem iltihabı olduğu belli, kilt giymiş, eski bir James Brown şarkısının bas partisyonunu çalmaya kalkışan yirmi yaşında bir basçıyı dinlemeyi neden isteyesiniz ki?

İşte o zaman, siyah müziği incelemeye başladıktan sonra öğrenmem gereken çok büyük bir siyah müzik arşivi olduğunu fark ettim – o kadar çok plak şirketi aynı şarkı yazarlarını ve aynı müzisyenleri, yıldız sanatçılarının yanında daha az bilinen sanatçıları için kullanmıştı ki, bir hit ve dokuz tane, tamamen alakasız şarkı içeren çok fazla albüm vardı. Ann Peebles'ın Hi için yaptığı kayıtlar Al Green'in en iyi işlerinin ulaştığı noktaya ulaşamıyordu ama Ann Peebles da iyi müzik yapıyordu – nasıl yapmasın ki? Yapımcısı Willie Mitchell'dı ve arkasında Memphis Horns çalıyordu. Her ne kadar Shirley Brown'ın "Woman To Woman"ının harika bir 45'lik olduğunu bilsem de, aynı zamanda harika bir 33'lük olduğunu bilmiyordum. Eğer hâlâ, sadece yeni beyaz rock müzik dinlemekte kararlıysanız, o zaman neredeyse kesin olarak harikadan daha azıyla yetinmek zorundaydınız (ve Peebles'ın "I'm Gonna Tear Your Playhouse Down" şarkısının aksine, dinledikleriniz bugün tüylerinizi diken diken edecekti).

Ama o zamanlarda benim için en güzel şeylerden biri, müziğin olgunluğuydu. Bir akşam ev arkadaşım yeni erkek arkadaşını getirdi; bizden daha büyük, fötr şapkalı bir yazardı ve pek çok açıdan tedirgin edici biriydi; tabii ki müzikten bahsetmeye başladık. Tahmin edilebileceği gibi, caz seviyordu, benim dinlediğim şeyleri dinlemiyordu: sanki The Osmonds ve The Clash aynı şeymiş gibi, çok "genç işi" olduklarını düşünüyordu, ama herhalde onun için aynıydı. Bir anda gelen ilhamla herhalde hayatımdaki en iyi cevabı yapıştırdım ve iğneyi az önce dinlediğim şarkının üstüne yerleştirdim: Latimore'un muhteşem şarkısı "Let's Straighten it Out"un O. V. Wright versiyonunun. Cazcı adam geçici bir yenilginin ve özrün ifadesi olarak gülümsedi. Gülümsedi çünkü "Let's Straighten it Out" Miles Davis'e ve Von Karajan'a varmadan, gençlerin müziğinden en fazla uzaklaşabileceğiniz yerdi. Başlar başlamaz bariz bir ciddiyet ortaya koyan karanlık, bluesvari bir piyano solosuyla açılan şarkının sözleri oturup uzun zamandır devam eden bir ilişkideki, hatta belki de bir evlilikteki çözülmez görünen sorunları çözmeye çalışmak üzerine; ayrıca şarkıyı dişlerinde fena sorunlar olan (gerçekten, en münasebetsiz zamanlarla dişleri ıslık çalıyor) kırklarının sonunda ya da ellilerinin başında bir adam söylüyor. Ancak bir senfoniden daha kısa olan, bir kıta, nakarat ve davulcu içeren her şeyin çocuk müziği olduğunu düşünüyorsanız bunu da çocuk müziği olarak görebilirdiniz. Pek çok nedenden dolayı siyahların müziğini seviyordum; bu müziğin bir eş, metres, iş, hatta çocuk sahibi olabilecek dinleyicilere hitap etme isteği, özellikle o sıralarda, bunlardan biriydi.

Sonuçta, siyah müziği değişti ve yeni değerleri, dertleri yansıtmaya başladı. Artık hitap ettiği nesil kronik diş hastalıkları olan bir adamı dinlemek istemiyor; birkaç nesil önce blues'un başına geldiği gibi eski moda soul da miadını doldurmaya başlamıştı. (Ben doğru yaşa geldiğimde, yani durulmak ve sorunları çözmek benim için bir anlam ifade edecekken insanlar bu şarkıları yazmayı bıraktı.) Rapçi Biggie Smalls öldürülmeden önce, şarkılarındaki küfürlerden rahatsız olan annesine "Benim müziğim sana göre değil. Otuzunu geçmiş hiçkimseye göre değil," demişti. Bu arada hiç akla gelmeyen bir şey oldu: beyaz pop müzik sanatçıları yetişkinler için müzik yapmaya çalışıyor. Bonnie Raitt biyolojik saat hakkında şarkılar söylüyor; Elvis Costello, Neil Young, Loudon Wainwright, Dylan, Springsteen, Tom Waits ve diğerleri son yıllarda hem kendilerinin hem de dinleyicilerinin orta yaşta olduğunun bilincinde olduklarını gösteren iyi albümler yaptı. Ama bunların hepsi bilgeliği ve olgunluğu (hâlâ bu kadar uzun sürmemesi gerektiğine dair bir inanç var) nasıl anlatacağını çözmeye çalışan beyaz rock müziği için yeni şeyler; pop müziğin yetişkinlere göre olmadığına inanan birini susturmak için ben yine de siyahların müziğine başvururum. D'Angelo genç bir adam ama *Voodoo* albümündeki ilk şarkı, "Playa Playa" zahmetsizce olgunmuş gibi geliyor kulağa – telaşsız, yoğun, ağır. Onun gibi insanlar böyle şarkılar yaptıkça caza ihtiyacım olmayacak.

28 "Röyksopp's Night Out" - Röyksopp

Tam da bazılarımız kulüp kültürünün sonunda bizi gençlerin arasında dışlanmış hissettireceğinden (kabul edelim, zamanı gelmişti) endişelenmeye başlamıştık ki *chillout* müziği icat ettiler, biz de yine kendimizi evimizde gibi hissettik. Zero 7, the Gotan Project ve Röyksopp gibi zevk sahibi, sakin insanlar çılgın, uyuşturucu âlemlerine akılan bir cumartesi gecesi eğlencesinden dönenler için bir müsekkin yerine geçebilir, ama aynı şekilde, reklâm ajansında ya da konferans salonunda zor bir haftayı atlatmış olanlar için de bir müsekkin olabilir.

Ben 2001'in sonlarında birkaç ay boyunca boş zamanlarımda Röyksopp dinledim; en sevdiğim şarkı albümdeki huzur dolu şarkılardan biraz daha enerjik olan "Röyksopp's Night Out"tu. (Ne yazık ki *ambient* bir rahatlamaya ihtiyaç duymama neden olacak kadar çok şey yapmıyorum.) Ancak tam "Röyksopp's Night Out"un İyi Bir Şey –en azından Makul Bir Şey– olduğuna karar verdiğim zaman şarkıyı her yerde duymaya başladım. BBC gelecek programları gösterirken arkada bu şarkıyı kullanmaya başladı. Amerikalı bir arkadaşımı beklediğim, son derece şık bir otelin fuayesinde bu şarkı çalıyordu. Duş jeli almak için girdiğim The Body Shop'ta bu şarkı çalıyordu. Yani, çıkışından herhalde iki üç ay sonra bir klişeye, bir nevi anlamsız, paragöz modanın gereksiz kısaltmasına dönüşmüştü ve benim artık şarkıyı dinleyecek yüreğim yoktu.

Ama artık işler böyle yürüyor: pop müzik her yerde. Bir şarkıyı sevebilirsiniz, ama çok büyük bir ihtimalle size çok benzeyen bir reklâmcı, sinemacı, spor programı editörü veya oteller, mağaza zincirleri, havayolları ya da kahve dükkânları için karışık CD'ler hazırlayan biri de o şarkıyı sevecektir. (Röyksopp faciasından birkaç ay önce kimsenin tanımadığını sandığım Matthew Ryan adında iyi bir ozanın albümünü keşfetmiştim; albümün en güzel şarkısını sonraki üç Starbucks ziyaretimde de duydum. Matthew Ryan keşfim de suya, ya da sütlü kahveye düşmüştü.) Karbonmonoksit gibi her yerde karşımıza çıkan bir müziği sevmek ya da böyle bir müziğe bağlanmak nasıl mümkün olabilir ki?

Bu gençlerin neden hip-hop'un küfürbazlığına ve antisosyal tavırlarına sevgiyle yaklaştığını bir yere kadar açıklayabilir: ne Starbucks ne The Body Shop ne de Minimalist Otel değerli müşterilerini kafataslarını oymaya çalışan ritmler üzerine Uzi'ler ve kukular hakkında söylenen müstehcen rap şarkılarıyla taciz etmek isterler, böylece gençler en sevdikleri sanatçılarla özel bir ilişki kurabilirler. Ben bunu Led Zeppelin'le yaşayabildim çünkü benden başka hiçkimse onlarla ilgilenmiyordu: "Dazed and Confused"u asla televizyonda ya da büyük bir mağazada, bir pub'da duyamazdınız, hatta radyoda bile sıkça çalınmazdı; İngiltere'de benim sevdiğim müziği çalan sadece bir televizyon programı vardı. (Şimdi kablolu yayında muhtemelen şarkıyı günde 24 saat dönüp dönüp çalan bir "Dazed and Confused" kanalı vardır.) Böylece Zeppelin'in özel bir şey olduğuna, arkadaşlarımla aramızda bir sır olduğuna inanabildim. Pop müziğin bugünkü zulmü öyle bir boyutta ki çocukların artık büyük sanatçıların doğrudan ve samimi bir biçimde kendilerine hitap ettiğini düşünmeleri neredeyse imkânsız; zaten bu sanatçılar naneli ayak kremi alan ya da Pizza Hut'ta yemek yiyen herkese hitap ederken bu nasıl mümkün olabilir ki? Her yerde karşımıza çıkma durumuna verilebilecek en basit cevap özünde hiç sevilmeyebilecek, Starbucks için derleme albümler yapan insanları insaf dileyecek duruma getirecek müzikleri dinlemek ve onları sevmeyi öğrenmek. Death metal ya da müstehcen gangsta rap çalarken naneli ayak kremi satamazsınız; uçaklarının kalkmasını bekleyen yolcuları hardcore elektronik müzikle eğlendiremezsiniz.

Böylece çocukların durumu açıklığa kavuşuyor: kulaklarından kan getirecek ve ruhlarını karartacak şeyler dinleyebilirler, eh, keyifleri bilir. Peki biz ne olacağız? Birkaç ay içinde beni bıktırmayacak, melodisindeki basitlik ve sözlerindeki sıradanlık bir Renault reklâmında ifşa edilmeyecek olan neye bağlanabilirim? Bence benim kuşağımdaki insanlar için country, bizden otuz yaş genç insanlar için death metal ne ifade ediyorsa onu ifade ediyordu: bir pedal steel gitar ve vals temposu hâlâ ödlek insanların yüreğine korku salabilir. Country, butik otel lobilerinin temelinde kendine yer bulabilmek için insanı utandıracak kadar samimi, geçmişe haddinden fazla saygılı; son yıllarda piyasaya çıkan bütün alt-country gruplarının üzerlerinde ancak dünyanın her zaman parlak ve yeni olduğuna inananları yıldırmaya yetecek kadar çamur var. Başka müzikal yan yollar ve arka sokaklar da olacak: sesleri çatlak, sözleri ticari tüketim için fazla asık suratlı şarkıcı-şarkı yazarları, 13th Floor Elevators'ın tavrını Neil Diamond'ın melodik hassasiyetiyle karıştırmak isteyen gruplar... Hayatımızın sonuna kadar country dinlemek zorunda kalmayacağız yani, ama Tanrı biliyor ya sadece çok fazla dinlediğimiz için kulaklarımızda paramparça olmayacak bir şeylere ihtiyacımız var.

29 "Frontier Psychiatrist" - the Avalanches

30 "No Fun/Push It" - Soulwax

İşte bu da güncel müzik dünyası – hiç kimsenin tek bir nota bile çalmadığı ama tartışmasız ve çok açık bir biçimde yeni müziklerin yine de yapıldığı bir dünya. Bir zamanlar karıştırmaktan, eşleştirmekten, *scratch*'ten, kesip yapıştırmaktan iyi bir şeyler –ya da mükemmel bir şeyler– çıkamayacağını düşünürdüm; haklıydım da, kesenlerin ve yapıştıranların yaklaşımı yine temelde eser aşırmaya dayanıyordu: mesela Eric B & Rakim'in "I Know You Got Soul"a yaptıkları katkı minimaldi – o şarkının en önemli kısmı her zaman Bobby Byrd'ün çaldığı bas ve ritmiydi.

Puff Daddy'nin "I'll Be Missing You" şarkısına vereceğiniz herhangi bir müzikal tepki aslında The Police'in güzel riff'ine verdiğiniz tepkidir. Zevke ve cesarete hayran olabilirsiniz ama yaratıcılığa değil: müzik yaratmak, aslında herhangi bir sanat eseri yaratmak hiç yoktan bir şey ortaya çıkarmak, daha önce varolmayan bir şey oluşturmaktır.

Ama şimdi kesenler ve yapıştıranlar eli yükseltti. The Avalanches çok fazla *sample* kullanıp sonunda tartışmasız bir biçimde kendilerine ait olan bir şey yaratıyorlar ki, onları eser hırsızlığıyla suçlamanın bir anlamı yok: aynı şeyi daha önce başka yazarların kullandığı kelimeleri kullanarak kitaplar yazan bir yazar için de söyleyebilirsiniz. The Fugees, Marley'den ve Roberta Flack'ten bir yığın şeyi alıp defterlerine kopyalıyorlar, bu yüzden de elde ettikleri şey çok büyük değil: müzik fazlasıyla tanıdık, ne olursa olsun, bu müziğe ya da bu müzikle yeni bir şey yapmıyorlar, onu başka bir şeye dönüştürmek için, ustaca olsun olmasın, ne yeni bir çeşni katıyorlar ne melodik yapısını değiştiriyorlar. Bunun gibi, R&B şarkıcısı Angie Stone "Wish I Didn't Miss You" şarkısı için "Back Stabbers"ın gitar melodisini ödünç aldığında bu bana sadece yaratıcılığının iflas ettiğini kabulleniş gibi geliyor; sanki başka birinin dehası -ve bizim bunu görmemiz- onu şarkının sonuna kadar taşıyabilecekmiş gibi. Nedense kendimizi artık işlerin böyle yürüdüğüne, bir şarkı yazarının üç dakikalık yepyeni bir şarkı yazmasını beklemenin mantıksız olduğuna inandırdık.

Ama the Avalanches daha önce hiç duymadığınız parçacıkları akla hayale gelmeyecek şekillerde kullanıyor; sonuç olarak da gerçekten, yoktan var ettiler. "Frontier Psychiatrist" bir ritm, eski filmlerden diyalog parçaları, tımarhanelik sesler, eski ve muhtemelen pek de *funky* olmayan bir Bert Kaempfert şarkısından apartılmış nefesli melodisinden oluşuyor; the Avalanches pek fazla şey vaat etmeyen bu malzemeden doruğa ulaşan, sağlam bir şey ortaya koymuş. (Hatta birbirleriyle alakası olmayan iki diyalog parçasında kafiye bulmayı bile başarıyorlar.) Şarkı, Peter Bogdanovich'in eski bir korku filminden aldığı parçaları, oyuncu Boris Karloff'un yapımcılara borçlu olduğu birkaç işgününü ve başka şeyleri birleştirerek yaptığı *Targets* [*Hedefler*] filmini hatırlatıyor: benzer bir cesur beceriklilik taşıyor, yetenek ve istekle aynı uyumsuzu uyumlu -uyumlu olanı da yeni bir şey- yapma kararlılığına sahip. "Frontier Psychiatrist" komik bir şarkı, ama aynı zamanda biraz da rahatsız edici çünkü daha önce duymadığınız bir hava yaratıyor (ki bu çoğunlukla duygusal bir aşinalik vaat eden pop müzikte her zaman kafa karıştırıcı bir durumdur): Kaempfert'in neredeyse gülünç olacak derecede melodramatik nefeslileri üstlerine gelen diğer seslerin saçmalığıyla kırılan bir gösteriş, alaycı bir kahramanlık hissi veriyor, ama şarkının kulağa tuhaf gelmesinin nedeninin bu olduğundan pek emin değilim. Bence bu tuhaflık tıpkı robotların sevgiyi hissedememesi gibi, bu kadar çok *sample*'dan yapılmış bir müziğin de dinleyicide herhangi bir ruh hali oluşturamamasından kaynaklanıyor. İnsan bu müziğin ortaya çıkmasına ilham veren tek bir yoğun duygunun olmadığını, belirli bir tepki uyandırmak istenmediğini düşünüyor; bu sırf zevkine yapılmış bir müzik, bunu da belli ediyor zaten.

Tabii ki "Frontier Psychiatrist"in değersiz ve başarısız olduğunu söylemiyorum; bu doğru olmaz. Gerçekten de böyle bir sabır ürünü insanda hayranlık uyandırıyor; sanki Paul McCartney'nin rüyasında gördüğü, çok tanıdık geldiği için daha önce yazılmış olduğunu sandığı "Yesterday" gibi bir şarkının buna kıyasla neredeyse hak edilmemiş görünmesine benziyor. Ancak, eğer müzik kendini ifade etmek içinse, bestelenmesi ve çalınması sırasında ifade edilen istisnasız her zaman hisseden bir benliktir (hissedilen şey yabancılaşma, can sıkıntısı veya kafa karışıklığı olsa da) ve duygusal olarak bu kadar muğlak bir şeyi duymak şaşırtıcıdır. Belki buna alışacağız ve akıl almaz sayıda kaynaktan toplanıp ortaya çıkarılmış şarkıları tercüme etmeyi ve yorumlamayı öğreneceğiz; ya da the Avalanches gibi kolajcılar sanatlarını geliştirecek, yaptıkları müziğin bildiğimiz ruh hallerine karşılık gelmesini sağlayacak. Müziği dobra dobra yapan insanlar olduğu sürece bunun gerçekleşmemesini umuyorum aslında.

Bu arada, DJ'lerin birkaç şarkıyı boylamasına kesip birbirinin üstüne yerleştirmesinden ibaret olan bootleg meselesi de punk'tan beri gerçekleşen en neşeli nihilist hareket – punk'lar bile eski moda bir kendi müziklerini yaratma dürtüsü taşıyorlardı ama buna rağmen nihilizmin ideallerine gönülden bağlı olmadıklarını söyleyebilirsiniz. Soulwax ve (Christina Aguilera ve The Strokes'un birleşiminden beklenmedik, harika sonuçlar elde eden) Freelance Hellraiser gibi insanlar bize bittiğini söylüyorlar; modern müzik dünyasının cehennemi buz kestiğinde etrafında toplanacağımız ateşi yakmak için ayırdığımız odun parçalarını kullanıyorlar. Onlara hak veriyor muyum, emin değilim, ama Soulwax'in *Too Many*

DJs'i kendisini zorla dinletiyor, ayrıca Salt 'N' Pepa'nın enerjisini The Stooges'in yırtıcılığıyla biraraya getirmek çok akıllıcaydı, her müzikseverin hayalini gerçekleştirdiler: hip-hop'u ezip garage punk'ın üzerine serpiştirmek, oğlanların eğer Spider-Man'le Superman bir ekip oluştursalar neler olacağı konusundaki tartışmalarına benziyor. Düşününce, bootleg yapmak punk'tan daha demokratik. Hepimiz gidip bir gitar aşırıp, üç tane akor öğrenebiliriz ama çoğumuz The Clash'ten ziyade Ed Banger and The Nosebleeds gibi çalarız; bu şekilde bizim gibi yetenekten nasibini almamış ama müziği sevenler de çok güzel bir şeyler yaratabilir. İhtiyacınız sadece bir yazılım, bir çift kulak ve iyi bir zevk: sonunda hayranlığın dehası fark edildi.

31 "Pissing in a River" - the Patti Smith Group

Patti Smith'in Islington'da, evimin hemen aşağısındaki Union Chapel'de verdiği konser çok güzel bir haftanın sonuna denk geldi. Hava gri, nemli İngiliz yazının ortasında parlak ve ılık bir adacık gibi sıcaktı; işimden zevk alıyordum, yakın bir arkadaşımla sevdiğim bir kitabın adaptasyonunu yapıyorduk, aramız iyiydi ve gurur duyduğumuz bir işe imza atıyorduk, Danny'nin midesi bir süredir iyiydi, onun da keyfi yerindeydi.

Patti Smith ise, harikaydı. Çok büyük beklentilerim yoktu; bu küçük kilise için para toplamak üzere yapılan akustik bir konserdi, şiir okumaları ve bir açık arttıma da vardı (müzikal doruk noktalarına varmadan yarım saat kadar önce Smith birkaç tane kiremit ve imzalı bir baget satmaya çalışıyordu). En iyi ihtimalle bir fosfor parlaması olacağını, bir an için Patti Smith'i bir zamanlar büyük yapan şeyi göreceğimizi tahmin ediyordum. Bir an bile Patti'in en iyi zamanlarının geride kaldığını düşündürmeyen heyecanlı, ilham dolu, arada bir karmaşık bir performans izlemeyi kesinlikle beklemiyordum.

Elinizde olmadan Smith'in sevmenizi sağlayan şeylerden biri de onun iflah olmaz, amansız bohemliği; ve sanat, kitaplar ve müzikle ilgili her şeye karşı dindirilemez bir açlığı olması. O gece, Virginia Woolf ve Tom Verlaine'nin, William Blake ve Jerry Garcia'nın, Graham Greene ve William Burroughs'un adlarını andı,

Peter Ackroyd'a Blake biyografisi ve Londra tarihiyle ilgili kitabı için teşekkür edip bir şarkı ithaf etti. (İnsan kibirli görünmek istemiyor ama herhalde, atıyorum bir Bryan Adams konserinde herhalde daha kısa bir okuma listesi vardır.) Bu kitaba "Thunder Road"u yazarak başlamıştım; her ne kadar "Because the Night"ta işbirliği yapmış olsalar da Springsteen ve Smith'in bir kitabın farklı uçlarında olmaları doğru, çünkü belirli bir müzikal yelpazenin farklı uçlarında oldukları düşünülebilir. Springsteen'in şarkılarında ya da röportajlarında hayatını kazanma biçimiyle ilgili bir tedirginlik sezmek çok da zor değil; sürekli sorguluyor: Benim buna hakkım var mı? İnsanların karşısında dururken aynı zamanda onları temsil edebilir miyim? Bu nasıl görünecek, sesim nasıl çıkıyor? Bu sorular önemli, en azından Springsteen için ve belki kendilerini ifade etmeleri için iyi para alan herkes için de öyle olmalı, ama biraz kısıtlayıcı da olabilirler. Ama belli ki Smith bu konuları pek sallamıyor. Sorumsuz olduğunu ima etmeye çalışmıyorum -politik eylemleri zaten bunun tersini kanıtlıyor, Union Chapel konseri sırasında Irak'taki muhtemel savaşın saçmalığı üzerine kendinden geçmiş bir halde rap yaptı- ya da keyfine çok düşkün olduğunu (ancak daha sonra, şiirlerin korkunç olduğunu düşünen bir yazarın konserden erken çıktığını duydum – ki kültürel bağlamda seçkinci bir bakış açısıyla bu anlaşılabilir bir durum, ama Smith'in bir beatnik, kışkırtıcı bir eylemci ve karşıkültürel meşaleyi taşıyan son kişilerden biri olduğu gerçeğini gözardı ediyor). Patti Smith bir sanatçı olarak duruşundan son derece memnun görünüyor: o bir sanatçı işte, daha fazla kafa yormasına gerek yok.

"Pissing in a River"ı daha önce duyduğumu hatırlamıyordum, duyduysam da bende bir etki bırakmamış. Ama o gece, Smith şarkının büyüleyici ve coşkulu doruk noktasına –'Ne yaptıysam senin için yaptım / Senin için canımı veririm'– geldiğinde, kilisenin kürsüsü ve muhteşem vitrayların önünde, mavi bir ışık altında salınırken bütün seyircinin ona ve şarkıya, o geceye aşık olduğu hissedilebiliyordu. İnsanı bildiği ve henüz dinlemediği müzikler, okuduğu ve okuyacağı kitaplar, hatta yaşadığı hayat içim müteşekkir kılan ve bir rock konseri bağlamında mucizevî olan o ender anlardan biriydi. Yirmi beş papel (kilisenin yenilenmesi için verilen para da dâhildi) karşılığında bundan daha fazlasını da isteyemezsiniz. Böyle bir epifaninin düzenli olarak gerçekleşmesini ummak biraz fazla olsa da bence beklemeye değer.

Aslında böyle bir deneyimden sonra kapılıp gitmek, her müzikten Smith'inki gibi bir adanmışlık ve ateşli hayaller beklemek kolaydır. Müzik dinleyerek geçecek bir hayata atılmak üzere olan çocuklara "Ne dinlediğiniz, ne kadar iyi müzikler dinlediğiniz umurumda değil, sadece kimi dinlerseniz dinleyin, samimi olduklarından, söylemek istedikleri şeyi size anlatmak için çaresizlikle yanıp tutuştuklarından emin olun" demek istersiniz. Ama popüler müzikte işler hep böyle yürümez. Gerry Goffin ve Carole King, Brill binasında bir ofiste oturup mesaili bir işte çalışıyormuş gibi şarkı yazdılar; bu arada hit şarkılara ihtiyaç duydukları için "Up On The Roof" ve "Will You Love Me Tomorrow?"u attırıverdiler. Eğer "Dancing Queen" hiç yazılmamış ve kaydedilmemiş olsaydı Bjorn ve Benny'nin kendi kendilerine yanıp yok olacaklarını pek sanmıyorum – harika bir şarkıdır tamam, ama kimse için hayat memat meselesiymiş gibi bir hali de yok. Pop müziğin güdülere ve inançlara olan kayıtsızlığı da onu eğlenceli yapan şeylerden biri. (Ayrıca sanatsal hırsları sonsuz olan, neredeyse yaptıkları işin önemiyle yanıp tutuşan ama şarkıları bir halta benzemeyen bir düzine grup ya da şarkıcı sayabilirsiniz.)

Yine de, "Dancing Queen"i dinlediğinizde bir şeyler okumak, yazmak, resim yapmak, bir galeriye gitmek ya da çok hızlı koşmak için büyük bir istek duyma ihtimaliniz pek yüksek değil; Smith'in seyircilerinin arasından bir kişide (ve sanırım başkaları da vardı) uyandırdığı etki buydu. Böyle bir ilham, sanatın her alanında ender rastlanan bir şeydir. Ama şimdi bu kitabın bitmekte olduğunu görüyorum –çünkü, yine müziğe sözlerin yapamayacağı bir şey yaptırmak ve konserde hissettiğim coşkunluğu devam ettirmek istedim– bu konuda biraz kararsızım: belki Woolf, Blake ve

Ackroyd'la, kiliseyle bu biraz fazla Yüksek Kültür'dür. Belki de "Papa-Oom-Mow-Mow"la, "Surfin' Bird"le ya da "I Hate You So Much Right Now"la bitirmeliyim. Diğer yandan da, şarkının adı "Pissing in a River"dı [Nehre İşemek]; gitarla çalınıyordu, 4-5 dakika sürmüştü ve duygusal etkisi tamamen akorlarına, nakaratına ve tavrına dayanıyordu. Yani, pek çok başka pop şarkısı gibi, neredeyse her şeyi yapabilecek bir pop şarkısıydı.

Diskografi

Your Love Is The Place Where I Come From, Teenage Fanclub
Eğer hiç Teenage Fanclub albümünüz yoksa, bu kitapta söz ettiğim iki şarkıyı da içeren, 2002'de çıkmış bir toplama albüm olan *4766 Seconds – A Short Cut To Teenage Fanclub*'la başlayabilirsiniz. Bu şarkılar ayrıca *Songs From Northern Britain*'da da mevcut; bu da eğer *Rubber Soul*'a zaten sahipseniz alabileceğiniz en garantili albümdür.

Thunder Road, Bruce Springsteen
Bunu nereden bulabileceğinizi zaten biliyorsunuz.

I'm Like a Bird, Nelly Furtado
İçinde "I'm Like a Bird" kadar iyi başka bir şey olmayan *Whoa, Nelly!* albümünden.

Heartbreaker, Led Zeppelin
En iyi riffleri olan ("Whole Lotta Love", "The Lemon Song", vs.) Zeppelin albümü, *Led Zeppelin II*'dan.

One Man Guy, Rufus Wainwright
Poses albümünden. Ancak "One Man Guy" albümün geri kalanından farklı bir şarkı: Rufus müzikal şarkılarından, folk'tan ya da pop'tan olduğundan daha fazla ilham alıyor, bu da bence hiç sorun değil.

Samba Pa Ti, Santana
Eğer kendinizi illa ki bir Santana albümü almak zorunda hissediyorsanız bir *best of* albümü işinizi fazlasıyla görecektir. Ama, Jerry Wex-

ler bana göstermeseydi asla karşıma çıkmayacak olan *Havana Moon* adlı bir albümde harika bir Santana solosu mevcut. Şarkının adı "They All Went To Mexico" (Willie Nelson söylüyor), Santana'nın solosu da güzel, derli toplu, hüzünlü ve –neyse ki– kısa.

Mama You Been On My Mind, Rod Stewart
"You Wear It Well"i de içeren *Never a Dull Moment* albümünden. Bu albüm ve *Every Picture...* gerçekten iyidir.

Can You Please Crawl Out Your Window?, Bob Dylan
Biograph albümünden.

Rain, The Beatles
Past Masters Volume Two albümünden. Sinir bozucu bir şekilde, diğer şarkıların hepsi –"Day Tripper", "Hey Jude", "Lady Madonna", vs.– sizde muhtemelen vardır ama yine de almaya değer bir albüm.

You Had Time, Ani DiFranco
Aynı zamanda, çok güzel bir şarkı olan "Overlap"i de içeren *Out of Range* albümünden. Ancak çoğu albümünde Ani diline kuvvet konuşmayı ve rap yapmayı tercih ediyor – ama ne kadar az insanın "You Had Time" gibi şarkılar yazabildiği düşünülürse biraz ters geliyor bana.

I've Had It, Aimee Mann
Mann'ın ilk solo albümü *Whatever*'dan. Bütün albümleri (ve grubu Til' Tuesday'le kaydettiği son iki albüm) iyidir, ama son albümü *Lost in Space*'de şarkıları daha da keskinleşmiş.

Born for Me, Paul Westerberg
Suicaine Gratifaction albümünden. Westerberg'in solo albümleri de en az Replacements'le yaptıkları kadar derme çatmadır; daha ünlü olmamasının sebeplerinden biri de bu. *All for Nothing/Nothing for All* adında kayda değer bir Replacement antolojisi var, buradaki iyi şarkılar Westerberg'in takipçilerinin neden bu kadar tutkulu olduğu anlamakta işe yarayacaktır.

Frankie Teardrop, Suicide
Herkes "Frankie Teardrop"u bir kez dinlemeli. CD baskısı da olan Suicide'in ilk albümüne sahip olan birilerini bulup şarkıyı sizin için bir kasete kaydetmelerini isteyin.

Ain't That Enough, Teenage Fanclub
"Your Love Is The Place Where I Come From" için yazdıklarıma bakın.

First I Look At The Purse, the J. Geils Band
Müzik zevkimdeki bütün değişiklikleri atlatmayı başarabilmiş çok az albümden biri olan *Full House – "Live"*dan.

Smoke, Ben Folds Five
Whatever and Ever Amen albümünden. Folds'u Billi Joel'le ya da Elton John'la kıyaslayan kaç eleştiri yazısı okuduğumu hatırlamıyorum; piyanistçe bir yorum olduğu son derece aşikâr.

A Minor Incident, Badly Drawn Boy
About A Boy'un [*Bir Erkek Hakkında*] film müzikleri albümünden. Roman Penguin Books tarafından yayımlandı.

Glodybound, The Bible
Benim sevdiğim versiyonunu bulamazsınız. *Random Acts of Kindness* adında bir kenarda köşede kalanlar albümünde farklı bir versiyonu var ama aynı tadı vermiyor. Boo ve Neill de bahsettiğim kaydı bulamadılar.

Caravan, Van Morrison
It's Too Late to Stop Now adlı konser albümünden. BBC bir kere bu konserin muhteşem bir kaydını *The Old Grey Whistle Test* programında yayınlamıştı – birileri tekrar yayınlamalı.

So I'll Run, Butch Hancock ve Marce LaCouture
Yella Rose albümünden.

Puff the Magic Dragon, Gregory Isaacs
Reggae for Kids albümünden. Bu albümde ayrıca Yellowman'in epey iyi bir "This Old Man" yorumu da var. Eğer çocuklarınızın sürekli, tekrar tekrar dinlemek istediği şeyler sizde kasetçaları kırma isteği uyandırıyorsa Music for Little People serisini deneyebilirsiniz: Los Lobos, The Persuasions, Buckwheat Zydeco, Ladysmith Black Mambazo, vs.'nin çok iyi çocuk CD'leri var.

Reasons To Be Cheerful, Part 3, Ian Dury & the Blockheads
Hakkı yenmiş, gürültülü ve çok güzel bir şarkı olan "Lullaby For Frances" ile kapanan *best of* albümü *Reasons To Be Cheerful*'dan.

The Calvary Cross, Richard ve Linda Thompson
I Want to See the Bright Lights Tonight albümünden. Linda Thompson'ın 2002'de, 17 yıl aradan sonra çıkardığı *Fashionably Late* albümü de çok iyidir.

Late for the Sky, Jackson Browne
Late for the Sky albümünden.

Hey Self Defeater, Mark Mulcahy
Fathering albümünden. Bu yıl aldığım en iyi tavsiye *Philadelphia Enquirer*'da çalışan arkadaşım Dan DeLuca'dan: Rhett Miller'in *The Instigator* albümü.

Needle in a Haystack, The Velvelettes
The Best of The Velvelettes'den. "He Was Really Saying Something"in orijinal versiyonu da bu derlemede mevcut.

Let's Straighten it Out, O. V. Wright
Eğer ıslık çalan dişlere tahammül edebilirseniz neredeyse hepsi çok iyi olan şarkılardan oluşan *The Complete O. V. Wright on Hi Records Vol. 1* adındaki çift CD'lik bir derlemede mevcut. Latimore'un uzun, hüzünlü org solosuyla açılan orijinal vesiyonunu *Straighten It Out: The Best of Latimore*'da bulabilirsiniz.

Röyksopp's Night Out, Röyksopp
Melody A. M. albümünden. Şimdiye kadar dinlediğim en iyi ve yenilikçi *ambient* albüm The Gotan Project'in *La Revancha Del Tango*'su – Starbucksvariliği bile henüz benim için tam anlamıyla keyfini kaçıramadı.

Frontier Psychiatrist, the Avalanches
Since I Left You albümünden.

No Fun/Push It, Soulwax
Too Many Djs albümünden. Bu şarkı aynı zamanda, ancak iyi bağımsız CD mağazalarında bulabileceğiniz (bootleg?) albümü, *The Best Bootleg Album in the World... Ever!*da da mevcut.

Pissing in a River, the Patti Smith Group
Radio Ethiopia albümünden. 2002 tarihli *Land*, iki CD'de –bu şarkı da dâhil– sahip olmak isteyeceğiniz neredeyse her şeyi içeriyor.

2002'nin en iyi şarkıları
"Our Love", Rhett Miller; "Dy-Na-Mi-Tee", Ms Dynamite; "People of the Underground", Marah; "There Goes the Fear", the Doves; "Good Man", Eileen Rose; "Flesh and Blood", Solomon Burke; "Jesus Etc", Wilco; "High Class Music", Roddy Frame; "All I See", Linda Thompson; "It's Not", Aimee Mann; "If You Only Knew", Jurassic 5; "Hunger", Boo Hewerdine; "Trouble Over Me", Tift Merritt; "Seven Years", Norah Jones.

Temmuz 2003
"What to do", OK Go; "Look at Miss Ohio", Gillian Welch; "Tailspin", Jayhawks; "You Were Right", Badly Drawn Boy; "What", Brendan Benson; "You Don't Miss Your Water ('Til Your River Runs Dry)", Richard Hawley; "Brooklyn", Jesse Malin; "The Seed (2.0)", the Roots; "Rock Hard Times", the Eels; "One More Song the Radio Won't Like", Kathleen Edwards; "Baby in Two", Pernice Bros; "Hackensack", Fountains of Wayne; "Joe's Head", Kinsg of Leon; "Set You Free", Black Keys.